Caner Yaman

SONRASI YOK

Kolay iyileşmez iyi niyetinden vurulanlar...

trend
yayınevi

TREND YAYINEVİ

Sonrası Yok

Caner Yaman

Yayın No: 019

Editör

Elif Tunç

Sayfa Tasarımı

Burak Arslan

Kapak Tasarımı

Tuğçe Yurtsal

ISBN: 978-9944-342-36-0

Ekim, 2014, Ankara

Email: caneryaman@gmail.com

Baskı

Grupçağ Webofset Matbaacılık

İvedik O.S.B 1368 Cd. 1532 Sk. Ada Plaza
No: 67-69, İvedik - Yenimahalle/ANKARA
Tel: 0312 394 3539
Sertifika No: 28534

Trend Yayınevi

Sertifika No: 15675

Bayındır 2 Sokak 49/6 Kızılay / ANKARA

Tel: (312) 419 00 15 . Faks: (312) 419 06 42

www.trendyayinevi.com
facebook.com / trendyayinevi
twitter.com / trendyayinevi

Caner Yaman

SONRASI YOK

trend
yayınevi

Babama...

MEHMET ŞERİF YAMAN'a...

Ölüm, ben seni utanç ile titrerken gördüm...

Özdemir Asaf

İçindekiler

Önsöz

Gidenlere yazıldı bu kitap, hepimizden gidenlere ve de gidecek olanlara...

Ve onlar gitmelere doymadıkça, ben de doyamam yazmaya...

Yürekten geldikçe, eller yazdıkça ve bu ruh bu bedende asılı kaldıkça yazacak Caner Yaman,
yazmadan duramayacak.

Selamlarımla...

Yanakların kızarsın...

Ezberletilmiş bir şiiri okur gibi dokunma bana, dizeleri şaşır, yanakların kızarsın mesela...

Her an, her saniye yanında olsam, bir an bile peşinden ayrılmasam, adımlarına uydursam da adımlarımı, yolun yolum, kaderin kaderim, ömrün de ömrüm olsa sen coşkunu yitirme sakın, dokun bana.

Sanki saçma sapan bir distopyanın içerisine sıkışmışız ve bu saçma dünyada dokunmak yasakmış gibi, birine dokunan her kimse akıl almaz derecede teknolojik yöntemlerle cezalandırılacakmış, acının en bilinmezini tadacakmış gibi ve bu yüzden hayatı boyunca hiç kimseye dokunamamış ama bana bir saniye de olsa dokunmak için her şeyi göze alabilecekmiş gibi dokun bana. Havada asılı böylesi karanlık bir tehdidi bile elinin tersiyle iter gibi, her zamanki sen gibi gel ve dokun her zaman senin olan adama...

Miden yapışmış gibi acık, dudakların çatlamış gibi susa bana her gün. Dokunduğun anda için titresin hep, damarların akarsular gibi çağlasın, bahar gelsin yüreğinin en derinine bile. Hayata dair öğrendiğin ne varsa unut ve sadece tenimi tut aklında.

Çünkü ben ilk ve son baharımı yaşıyorum seninle, dokunmazsan simsiyah bir gölge düşer gülüşlerime...

Yarasa

Aydınlığa düzülmüş övgülerle dolu felsefe tarihi, gözlerinse karanlığa davet ediyor beni. Sen farkında değilsindir belki, lakin gayet farkındayım ben, farkında olmaktan hiç yorulmayanlardanım...

Pembe, dar bir bluz vardı üzerinde o gün ve yine dar bir kot... Çorap yoktu haliyle, topukluların vardı krem rengi, bir de gözlerin. Gözlerinden içeri girdim ben çünkü ardına kadar açıktı kapı ve içerisi karanlık...

Aydınlık gözlere yeni yetmeler baksın, ben karanlıkları severim. Gözlerinden giren kelebekler midelerine kadar iner onların, bense yarasa tedirginliklerini severim ve kadın gözlerindeki davetkar karanlıklara kayıtsız kalamam hiç. O derinlikte yürümeyi tercih ederim göz kamaştıran aydınlıklara, hikayesi vardır çünkü her karanlığın, aydınlıklarsa sıradandır.

En içinde olmak istediği hikayeleri gece yazar insan, en güzel hikayelerin baş kişisidir herkes gece başını yastığa koyduğunda, sanılanın aksine karanlık daha bir dosttur aydınlıktan; en zayıf, en güçsüz, en berbat hallerini karanlıklar saklar, üzerini örter üşüme diye, kimseye göstermez seni, en yalın, en sen halini...

Öyle işte, saklanmak istedim belki de... Ondan sığındım gözlerine. O karanlığın içinde fark ettim yorgunluğunu, birlikte dinlenelim istedim. Kısacık da olsa unutacağımı sandığımdandı karanlıklara karışma arzum, azıcık da olsa unutmak, karanlıkların çağrışımsızlığında geçici bir hafıza kaybı yaşamak, aslında hiç olmamışım gibi yapmak...

Tenine dokunmak istedim, fırtınalı bir gecede terini hissetmek istedim tenimde, iliklerime kadar ürpermek, cama çarpıp duran yarasalarla irkilmek ve tekrar yatışmak teninde, zifiri karanlığın içinde kıpkırmızı terlemek istedim yine.

Yapamadım, kendimi sakındım.

Dokunmak hatırlatırdı çünkü, hatırlamak korkuturdu, korkmaksa kaybedişlerin başlangıcı olur hep, bilirsin...

Karanlıkları çok sevdim ben evet, ama kaybetmek istemedim yine de aydınlık yanlarımı. Çoğu zaman sıradan, çoğu zaman düşman da olsa aydınlık, sevdiği yüzleri aydınlıkta görebiliyor insan. Belki de bundan katlanıyor bütün ikiyüzlülüklerine aydınlıkların...

Gözlerindeki yorgun karanlığı sevdim evet, hatta gözlerinden içeri de girdim ben, tenine de dokunmak istedim.

Ama yapamadım işte, dokunsam da kalamazdım teninde.

Aydınlık bir yüz vardı beni çağıran, teninde kalsam da onsuz yapamazdım...

Sonra hiç gitmez dediklerimiz gitti...
Dünyanın en sıradan hikayesiydi...

Karşıyaka

Kaç kulaç götürür beni sana? Yüreğimin karşı yakasına kaçta kalkar vapurlar?

Aklıma geliyorsun. Hiç hesapta yokken, hayat beni önüne katmış hoyratça sürüklerken ve ben durup bir çiçeğin güzelliğine şaşacak, onu hayranlıkla izleyecek kadar bile romantik olamazken, sen geliyorsun aklıma. Hayat son derece mekanik, gres yağlı, ziftli, siyah ve zehirli dumanlar çıkaran bir makine. Sürekli dönen çarkları döndürmeye mahkum terli ve yorgun ve kirli ve sevmeyi unutmuş insan kolları ve üzerlerinde bacalar; kocaman bacalar, devasa bacalar. Ve keyif sigarası tüttürüyor fabrikalar.

Evet sonra sen geliyorsun aklıma sevgilim. Hiç hesapta yokken, zifiri karanlık bir gecede yanı başımda keyif sigarasını tüttürürken azgın, asabi bir kedi ve ayyaşın teki salına salına adımlıyor ıslak caddeyi, elinde boş tütün kolonyası şişesi.

Lime lime olmuş ceketini ilikleyip önümde, boş şişeyi uzatarak "Almaz mıydınız genç adam?" diyor. Ayyaş lakin beyefendi.

"Teşekkürler sigara kullanmıyorum" diyorum, "Ama Minnoş alır". Minnoş! Asabi bir kediye verilecek en son isim.

Ve fakat Minnoş da almıyor kolonyadan, "Zaten sigara içiyorum, dalga mı geçiyorsunuz lan ibneler" diyor. Minnoş aynı zamanda cinsiyetçi de bir kedi.

Vapur saati geliyor ve bu gereksiz ikiliyi baş başa bırakıp iskeleye yöneliyorum. Motorlar çalışıyor, gecenin bu saatinde bile makineler saldırıyor ruhuma, beynime. Geride bıraktığım gereksiz arkadaşlarıma dönmek istiyorum ama makineler, bırakmıyorlar işte...

Dedim ya, hiç hesapta yokken sen geliyorsun işte aklıma ve makineler rutin tecavüzüne yeltendiği anda ben, alabildiğine uzanan, papatyalarla bezeli yeşilliklerin içinde düşlüyorum seni.

Saçlarında papatyadan bir taç, ellerinde bir demet papatya, her yerin ama her yerin papatya... Düşünüyorum da zaten sen bir papatyasın aslında. Çarklara sokulmuş çomak misali zamanı durduran bembeyaz bir papatya.

Yaşanmışlık

Dibine kadar yaşanmışlıkla örüldü bu ömür; en arka sokaklara, en kuytulara, en yanına yaklaşılmazlara yanaştı hep. İhaneti gördü, ihanet de etti. Çekinmedi, korkmadı kahpeliklerinden hayatın. En sahipsizleri kolladı önce, en pis kokanları kokladı, derin bir nefes çeker gibi sigarasından, ciğerinin en derinlerine çekti hayatı.

O arka sokaklar belleklerinizin arkasındadır sadece baylar, bayanlar. Benimse gözümün önündeydi gayet, arkalara itmeye gerek yoktu. Çok daha iyi bir anlatıcı olabilseydim keşke, ne güzeldir aslında yüzleşmek en arkadakilerle, keşke kimse kendini bu kadar önemsemese...

Yazarken bile nefesi kesilebiliyor insanın, bağışla, yoruldum biraz.

Ne desem ki daha, yaşadım işte ulan kendi çapımda..! Ulan da ne güzel bir isyan aslında hayata... Ne desem ki daha? İliklerine kadar ıslanmayı seçer kimileri, ben yaşadım iliklerime kadar...

Bakma sen, hayat hala gözünün içine bakabilenler olduğu için değer yaşamaya; gözünden kaçsalar da varlar onlar. Mutluyum ben yine de, yanından geçtiğim kimsenin gözüne bakmazlık etmedim etmemeli de insan...

Dağ gibi bir adamın oğluydum ben, hepiniz kadar şanslıydım işte... Sokağı adımlarken o, kediler selam verir, köpekler delirirdi sevinçten. Hangimizin babası bu kadar güzel değildi ki?

Hep gözlerinizin içine baktım ben sırf bu yüzden, güzel insanların yegane miraslarıydık biz... Onlar gitse de kalacak olan bizdik. Gözlerinize bakmamak ihanet olurdu bastığımız toprağa ve ihanet yakışmaz dağ gibi babaların çocuklarına...

Aksini yapmam ihanet olurdu babama.
Aksini yapmanız ihanet olur babanıza.
Hep gözlerin içine içine baksanız ya?

Metafor

Bak açık konuşacağım sana; sen olmasan da olurdu... Terk edilmekten ölmedi kimse, ölmemeli de. Sen olsan şöyleböyleolurdulardan da bahsetmeyeceğim sana, sen olmayınca ne oluyorsa aynısından olurdu, pek bir fark yaratmazdın, kimse yaratamaz...

İnsan yaşadığı her şeyi kendisi yaratıyor zaten sevgili terk eden. Sen terk ettiğini sanıyorsun ya mesela, aslında sen değilsin terk eden; terk edenlerini kendi yaratır insan. Sıfırdan alır, işler, yoğurur, büyütür içinde, dilediğince şekil verir ama bir türlü benzetemez aslına. İçinde büyüttüğünün kuru bir gürültüden ibaret olduğunu fark ettiğinde terk edilmenin kaçınılmazlığına da eyvallah çeker kaçınılmaz bir şekilde. Herkes ağlamaz gidenin ardından kolay kolay, çoğu ağlıyormuş gibi yapar.

"En nihayetinde ben olduğum için terk edebiliyorsun beni. Ben olmasam terk edecek kimsen bile olmuyor değil mi?"

Etmek fiili ne çok geçti mesela bu yazıda. Demek o kadar çok ettik ki birbirimize, hücrelerimize kadar işlemiş işte. Etmesek de yazıyoruz, etmeden duramıyoruz...

Sevdin, hem de çok. O da sevdi, seviştiniz.

Sevecek ve de sevişecek birini yarattınız aslında. Karşılıklı yaratıştınız severken ve de sevişirken, maalesef tükettiniz sonunda, hepsi bu.

Şimdi bu muzaffer hali gidenin, kendinden emin o mağrur yanı, ne kadar yok aslında, ne kadar bağımlı terk edilene...

Onun için fazla önemseme derim ben kendini. Şimdi sadece yaşanmamışlıkların kenarına otur ve sessizce izle.

Metaforlar devrilir yoksa üzerine, altından kalkamazsın, üzülürüm.

Bir Beden Küçüğü Var Mıydı?

Bedenim dar geliyor efkarıma ve artık çıkmaz sokaklarda yakalanıyorum çocukluğuma.

Ne zaman içinden çıkılmaz bir hal alsa hayat, o çıkmaz sokakta, duvarlara çizilmiş kale direklerinin ortasında buluyorum kendimi. Çekilen her şut gol oluyor, kıpırdayamıyor kollarım. Elektrik direğine telle bağlanmış dandik potalara değmiyor bile attığım üçlükler. Gücüm yetmiyor, nereye varmaya çalışsam yarı yolda kalıyorum hep. Toprakta açılmış kuytulara girmiyor bilyelerim, bakkaldan aldığım bilyeleri mahallenin çocuklarına kaybetmekle geçiyor çocukluğum.

Aldığın yaraların toplamıymış büyümek. Büyümek çocukluk hikayeni bile değiştiriyor, kirletiyormuş, sadece geleceğe değil, geçmişine bile umutla bakamıyormuşsun büyüdüğünde. Bu duyguyu sevmiyorum. Çocukluğumu bile çarpıtan, karanlığa sürükleyen bu yanımı sevemiyorum, çünkü biliyorum, ne kadar kaçsam da peşimden gelecek çocukluğum, ne kadar kaçsam da unutamayacağım evimden sokağa yayılan salça soğan kokusunu. Çocukluktan kaçmanın bedeli sokaksız kalmaktır, soluksuz kalmaktır bilirim. Çocukluktan kaçmak salça ekmek isteyeceğin kapıyı kendi yüzüne kapatmaktır; acıdır ve çok acıtır. Halbuki oradadır o kapı, hep oradadır. Sen ne kadar kaçsan da, o devasa ağrılara katlanamasa da çocuk kırılganlığındaki bedenin, ruhun; o kapı oradadır hep, içinde bir yerde ardına kadar açıktır sana.

Sen ne kadar kaçsan da çocukluğundan, çocuk yanından, hep o çıkmaz sokakta yakalanacak, teslim olacaksın en masum yanına. Çünkü büyümek kirletse de dünyayı, çocukluğunu öldüremiyor; en saf, en temiz, en güzel haliyle gülümsüyor çocukluğun, onca yaraya rağmen gülümsüyor hem de...

Kazanmak

Hep şikayet etse de kaybetmekten, kaybetmeye doymaz insan; kaybetmek, kazanma umudunu besler sürekli. Kaybediyor olmak, hayatta olmaktır. Bir gün kazanacak olmanın inancıdır.

Çünkü bir gün herkes, kazandığından daha fazlasını kaybetmek için mutlaka kazanır.

Kısır bir döngü işte hayat; kazanmakla ve kaybetmekle geçirilen zamanlardan ibaret aslında. Para kazanmak için kaybedilen zamanlar, kendin için kazandığın zamanda kaybedilen paralar, kazanılan dostluklar, kaybedilen ilişkiler, birilerinin güvenini kazanırken başkalarınınkini kaybetmeler...

Kumarda kaybeden aşkta kazanır derler, bir avunma gibi algılansa da aslında hayatın gerçeği oradadır işte apaçık. Bir şeyi kazanırken başka bir şeyi kaybetmelisindir mutlaka, neden diye sormazsın hiç.

Neden diye sormayı hiç öğretmezler nedense.

Nedensiz bir hayatı yaşarken, kaybettiklerimizin nedenine şaşarız çoğu zaman. Çünkü biz en değer verdiğimiz şeyleri en beklemediğimiz anlarda nedensiz kaybederiz.

Aşık olduğumuz kadınlar bir gün hiç neden yokken gidebilirler, basit bir ameliyat esnasında kaybedebiliriz en sevdiklerimizi, sen neden diye bile soramadan canı cehenneme bir töreye kurban gidebilirsin, hayatını kaybedebilirsin nedensiz bir kavga uğruna...

Nedensiz kayıplar en büyük nedenidir kendi kayboluşlarımızın.

Başlarken ne umutlu bir tablo çizmiştim oysa. Kazanmayı ne kadar da erişilebilir bir noktaya yerleştirmiştim. Elini uzatsan tutacaktın, her kaybedişte muhakkak kazanacaktın.

Bayılırım umut dolu tablolara; gerçeküstü gelir kirli gerçekliğin tam ortasında.

Hep şikayet etse de kaybetmekten, kaybetmeye doymaz insan. Kaybetmek, kazanma umudunu besler sürekli demiştim. Doğru, insan ihtiyaç duyuyor bu tip yanılsamalara.

Hepimiz kendimizi kandıran varlıklarız.

Lakin insan en değerlilerini kaybettiğinde anlıyor kazanmanın anlamsızlığını. İnsan bir hiç uğruna kaybettiğinde hayatını, onun en değerlileri anlıyor önce artık kazanılacak bir şeyin kalmadığını. Kazanmanın anlamını yitirdiği zamanlar, yanında acılar da getirerek buluyor insanı.

Acının doruk noktalarına ulaşıncaya kadar, kaybetmeye ve kazanmaya devam edecek insan, diyecek sözüm yok ona, aldanmak hepimizin hakkı değil mi sonuçta?

Gidecek yerin kalmadığında zoruna gider hayat...

Hücre

Hangimiz doyabildik içimizi tepeden tırnağa dolduranlara? Kan ter içinde kalmışken buz gibi su içer gibi kana kana, kanabildik mi gerçekten, bir 'oh' çekebildik mi içten? Gecenin karanlığında adımlarken dar bir sokağı, in cin top bile oynamazken, tek tük ışıklı pencerelere ilişirken gözün, hepsi birden tek bir damla içinde dökülmediler mi gözlerinden?

Yaşanacak ne varsa yaşanmıştı zaten, gelenin işi gitmek, ne yapacaksın işte, sağlık olsun kardeş diyebildik mi onlar söz konusu olduğunda? Umursamaz, en düz yanlarımızı onlar köreltmedi mi? En ince detaylara bile kafa yorar olmamız, bütün o kahrolası inceliklerimiz onlar yüzünden, onların ederinden değil mi? En ücra köşelerine kadar acı çekmenin ve bundan keyif almanın sebebi içindeki o daracık avluda müebbet volta atanlar, hücrelerine mahkum ettiğin o güzel insanlar değildi de kimdi?

Tek gitmesinlerdi, içeride hücre hapisleri müebbetti zaten, ama göz de hep görseydi... Susar çünkü insan; sevdiklerine susar işte, kanamaz. Göz de susar yürek gibi tek dil susamaz.

Yani diyorum ki, gitmesinlerdi işte, ne gelirse onlardan gelsindi, ne olurdu sanki, onlarsız kalmanın acısını hangi acı alt edebilir ki?

Hangimiz doyabildik içimizi tepeden tırnağa dolduranlara? Kendimizi bu denli bile bile ve bu denli yürekten mahkum etmişken en değerlilerimize, yudum yudum içsek de onları, hangimiz kanabildik yürek kurumuş, göz bile bu denli susamışken?

Kaplan Gözü

Simsiyah bir gün batımı izliyorum kar beyazı kayalıklar üzerinde, eğilip bükülmüş, çizgileri kırılmış yaşlı bir ufka bakarak.

Düzgün tek bir şey kalmamış sanki bu hayatta, alabildiğine tuhaflık sarmış dört bir yanı ya da bir rüyanın en absürt yerinde bir başıma kaldım ben, başka açıklaması yok. Kendi kendine sorular sorup cevap alamadığında başlıyor belki de bir başına kalmışlık hissi, bilmiyorum.

Sahtekar bir sonbahar ılık rüzgarını dolaştırıyor tenimde ve ben buz gibi terliyorum seni düşündükçe, dişlerim vuruyor birbirine. Halbuki huzur verirdi ılık rüzgarlar, usulca saçını okşardı insanın, şefkatliydi, okuduklarımızdan ve yaşadıklarımızdan böyle öğrenmiştik.

Ne var ki yokluğun tüm ezberini bozuyor benliğimin. Öğrendiğim ne varsa aksini iddia ediyor yalnızlık, en başa dönüp tekrar okumam, tekrar yaşamam gerekiyor emin olmak için. Her şey kocaman bir yalandan ibaretse de en azından sana dair yanılmak istemiyorum ben, yıkılırım o zaman.

Bir gök gürültüsü patlıyor sonra, buz taneleri yağıyor hışımla, bir de eflatun orkide yaprakları...

Ufkun ardından dizginleyemediği öfkesiyle öne atılan mor gözlü bir kaplan ortadan ikiye ayırıyor denizi. İhtiyar bir balıkçı panik yapmadan ağlarını topluyor, şaşı bir deniz kızını çekiyor tekneye, sonra özür dileyip bir gül veriyor ona. Denize geri dönmüyor deniz kızı, aşık oluyor avcısına. İhtiyar balıkçı huzurlu bir oh çekiyor, bugün de doyacak karnı.

Ah biz! Bir bilsen neler gizlidir iyi niyetlerimizde bizim...

Kırık ufuk çizgileri savruluyor gökyüzüne, yere ulaşamadan un ufak oluyor buz taneleri, orkide yaprakları siyaha dönüyor, yeryüzüne karışıyor gökyüzü ve tek bir yüzü oluyor artık.

Zaten neden ayrılmışlardı hiç anlamıyorum. Bir tek çizgi ayırabilir miydi yeri gökten, bu kadar basit miydi? Hep ayrılar mıydı gerçekten, ayrılabilmişler miydi?

Peki sen gerçekten ayrı mısın benden? Aramıza çektiğin o kırık dökük çizgilerle çekip alabildin mi kendini benden?

Alamadın.

Bak hala dişlerim vuruyor birbirine seni düşündükçe, beynim nöbetlerde ve acile kaldırılıyor sevinçlerim. Akşamları pazar yerlerinde yerlere dökülmüş çürük umutları topluyorum hala dönüşüne dair. Doyurmasa da öldürmüyor, hayata tutunuyorum dişe dokunur taraflarıyla..

Ve kulaklarımda kaplan gözü taşından bir tespih şakırdıyor şimdi, umutlarım daha yere düşmeden paramparça ediyor buz tanelerini, kırmızıya dönüyor orkide yaprakları.

Ayaklarımla çiğniyor, siliyorum aramıza çektiğin o eğri çizgiyi. Epeyce toz kalkıyor topraktan, göz gözü görmüyor ama çocukların hiçbir şutu auta çıkmıyor artık...

Ömür boyu okusan da bitmeyecek en uzun öyküdür "O".

Dokunmadan

Kıpkırmızı bir ruj sür dudaklarına bana gelmeden önce, kenarlara bulaşsın, heyecandan ellerinin titrediğini düşüneyim.

Daha dokunmamışken, sadece elimi uzattığım anda bile kızarsın yanakların. Gözlerindeki ürkeklik kaybolmasın hiç, sana baktıkça dünyanın kirli bir yer olmadığına inanayım hep. Güzellik bulaşsın evimde dokunduğun her yere. Parmaklarım dolaşırken saçlarında gözlerin kapansın, kurulabilecek en güzel hayalleri kuran sen ol o anda, içinde ben de olayım mutlaka.

Çok şey istemiyorum aslında, varlığınla zenginim ben zaten. Sadece sende olan, sen olan her şey ömür boyu sürsün, hayatımda olsun istiyorum.

Aksini düşünemem, düşünsem de tahammül edemem.

Varlığınla güzel bu dünya, yokluğunda muamma...

Yağmurda ıslananlardan değil, yağmuru hissedenlerden olsaydın keşke...

Tablo

Gerçekliğin sevimsiz yüzüne atılan en şiddetli tokat, ona karşı yapılan en aykırı eylemdir hayal kurmak.

İçinde yaşadığın gerçek izin vermese de onunla olmana, sen çekip alabilirsin, tüm benliğinle sarabilirsin onu hayallerinde. Senden ona giden bütün engelleri yıkabilir, Onsuzluğun hafriyatını dökebilirsin ruhunun dışında bir yere.

Gerçekte imkansız olanı hayaller mümkün kılar.

Daha güzel, daha onurlu bir hayatı da resmedebilir, ona hayat verebilirsin mesela.

Eski evlerin o eski duvarlarındaki eski tabloları düşünüyorum, üzerlerine sayısız yılın, sayısız hatıranın yorgunluğu sinmiştir hani, renkleri solmuştur ve sararmışlardır sigara dumanından. O güzel, ahşap evler alabildiğine yeşilin, alabildiğine ırmakların ve en güzel çiçeklerin arasında resmedilmiştir hep. O güzel tablolarda onuruyla yaşayan mutlu insanlar ve coşkuyla gülen, haylaz çocuklar vardır.

Böylesi bir tabloyu zihninde canlandırıp ona bir fırçayla hayat verebilen insan, daha güzel bir dünyaya da hayat verebilir pekala.

Her şeye rağmen içinde güzellikler barındıran bir varlıktır insan. Ve o güzel yürekleri ve hünerli elleriyle insan, var olan gerçeği çirkinleştirmek yerine güzelleştirebilir de, elindedir... Belki de sırf bu yüzden gelmişizdir dünyaya, boşuna verilmemiştir insana içinde güzelliğe dair ne varsa... O aydınlık yürekleri karartmak ve göz yummak güzelliğe kara çalanlara, işleyebileceğimiz en büyük günah değil midir aslında?

Ne kadar sevimsiz görünse de gerçeklik, güzelliklerini unutup çirkinlikleri beslemek yerine, güzelliklerle dolu hayaller kurup onları beslemek gerek yine de.

Çünkü çirkinlik dediğin, güzel hayallerin önünde diz çökebilir sadece...

Harcama

Doğruydu...

Tutumlu olmalıydı insan, harcamaktansa biriktirmek daha erdemliydi.

Ama hiç öğretilmeyen, üzerinde hiç durulmayan asıl neyin biriktirileceğiydi.

Biriktirilmesi öğretilen, öğütlenen ne varsa hepsi güçle ilintiliydi ve biriktirdikçe biz, çılgınlar gibi tüketiyorduk da.

Hiç fark edemedik.

Belki de insan, güzel gülen insanlar biriktirmeliydi gülüşüyle başka dünyalar yaratan...

Su götürmez gerçekler kadar yalandı aşklar,
susuz kaldık...

Sıradışı

Hani o ilk yürek çarpıntısı mesela, ayakların yerden kesildiği ilk an. Sıradan bir sohbetle başlayıp birdenbire 'ne oluyor lan?!' dediğin an.

Okuduğun her kelimede suratında beliren anlamsız gülümseme... O günün gecesi, sabaha kadar uyuyamaman... O berbat uykusuzluk hissinin aksine coşkuyla hazırlanıp evden çıkman, önüne gelene sırıtman ve bu dünyanın dışında bir yere adım atmışlık hissi... En sevmediklerinin bile gözüne hoş görünmesi, sevdiklerine saatlerce onu anlatman, o duyguyu herkesle paylaşma isteğin... Gözün kulağın telefonda, al yanaklı Polyanna gibi oradan oraya koşturman...

Ne kadar güzeldi değil mi?

Keşke sürdürebilsek, devam ettirebilsek içimizde serpilen coşku dolu anları. O anları unuttuğumuz anda ağrıya dönüşüyor çünkü ayaklarımızı yerden kesen heyecanlar. Kafa üstü çakılmış gibi oluyoruz, ruhumuz değil bedenimiz yürüyor sadece sokaklarda. Yüzde boş bir ifade.

Sıra dışı başlayanı sıradana çevirdiğimiz için yitiriyoruz belki de en güzel yanlarımızı. Yüzümüzdeki anlam bu yüzden bırakıyor yerini boşluğa.

Hayat zaten sıradan, kısır bir döngü kendini tekrarlayan. İçindeki sıra dışı duygulara sımsıkı sarıl en azından, yitirme onları...

Tokat

Evinde fiske yememiş bir çocuğun sokakta dayak yemesini beklemeyin, yemez. Genel kanı yiyeceği yönündedir ama yemez. Çocuk da olsa farkındadır; annesi, babası ona kıyamazken, başkalarının ona kıymasına izin vermez.

Ne evde ne sokakta dayak yedim ben; dayak atmak istedim çoğu kez ama elim varmadı, fütursuzca saldıranlar hariç kıymaya hakkım yoktu çünkü, hep dilimde kaldı, hep duvarlar kanadı.

Bir kez tokat yedim eğitilmemiş bir eğitenden, yüzüm kızardı. Acıdığından ya da arkadaşlarımın önünde küçük düştüğümden değil, babam bilse yaralanırdı, o yüzden. Kimseye söylemedim, o yara sadece bende kaldı, akla geldikçe sızlar kendi halinde.

Yazı tahtaları önünde tokat yemiş çocuklarız işte, ne zaman bir el değse yanağımıza, biraz da bu yüzden kızıyor, bu yüzden kızarıyoruz belki de...

Artık sevgilinin yumuşacık eli bile değse yanağımıza,

bizi alt eden o kadim sızı geliyor akla; ısrarla unutmuyoruz, en derinde saklı tutuyoruz ısrarla.

Bize kıyamayanların içi acımasın diye tek, onların yüzü kızarmasın diye...

Yüreği ağzında bir çocuk
gibi alırken kalemi elime
Beceriksiz, acemi ve olasıya
yapayalnızım her defasında.
A.Telli

Yüzleşmek

Oysa hayat her gün türlü olay sürer önüne sorgulanması gereken ve sen farkında olmadan inkar edersin hep, aslında seni derinden etkilemesi gereken her şeyi, her olayı. Yüz yüze gelemezsin bu olayları getirip önüne bırakan ve hatta yüzüne çarpan, utanmadan gözüne sokan hayatla. Hiçbirimiz gelemeyiz...

Bir tren garında hiç gelmeyecek bir treni bekleyen ya da yerin kilometrelerce altında ışığa hasret, daha da ışıksız dehlizlere kazma vuran adama ve kim varsa hayatta her gün göz göze gelsen de görmediğin, kendine de dahil, ödemen gereken bir borcun vardır.

Ona bakmak, kafa yormak, üzerine düşünmek ve hatta türlü düşünceler üretmek ona dair, saatlerce yer vermek beyninde ona ve hissedebilmek bir insanın hayata karşı kayıtsız, umutsuz, tutarsız ya da pervasız duruşunu ve bu duruşun senin duruşsuzluğunun üzerindeki baskın gücünü hissedebilmek önemlidir aslında.

Yani aslında bir insan hayatına kafa yorman, mesai harcaman, biraz da kendinle yüzleşmendir; çıktığın bir seyahattir kendi derinine, serüvenlerin en güzelidir.

Sen ne kayıtsız ne de umutsuz; ne tutarsız ne de pervasız bir duruş sergiledin bu hayatta ki zaten kendinle yüzleşemediğindendi bu, kendinle ve bir parçası olduğunu sandığın hayata dair her şeyle...

Göremediğin, o adamı senden ayıran, içten içe bildiğin, seni kemiren ama kendine itiraf edemediğin şey, onun sana karşı elde ettiği üstünlük, aslında yüzündeki çizgiler kadardır. Yaşanmışlık, hissedebilmişlik gizlidir o çizgilerde, hesaplaşmalar, çatışmalar ve yüzleşmeler geçer içinden o çizgilerin.

Kaçma. Ödenmesi gereken ama ödenemeyen bir borçtur aslında beyninin ve ruhunun içinde yer vermek insana...

Kaçma...
Acıtsa da büyütür yüzleşmek.

Çocuk yüzlerine bak mesela, ya da çocuklarının yolunu gözleyen analara. Kaybettiğin saflıkla ve masumiyetle yüzleş. Hayat denen bu yolun en kenarına itilmişlerine bak, o yolun altında, üstünde ömür tüketen işçilere, tüketmeye hazır lakin tüketemeyip tükenen işsizlere...

İntihara zorlanmış ya da buna bile gerek görülmeden, en kısa yoldan adice, buz gibi bir namlunun ucunda infaz edilmiş bir genç kızın yüzünde beliren küfür, acı ya da huzur, ne dersen de, onunla yüzleşmek mesela ya da ameliyat masasında bir hastanın yüzündeki veda ifadesindeki vuslata dair eksik bir gülümsemeye...

Korkma,
Kayıtsızlıklarla dolu ömürlerimiz...
Yüzleş kayıtsızlığınla.
Kendin olmakla kendine olmak arasında net bir çizgi var mesela...
Bu çizgiyi hep hatırla.

Dışarı itildiğin anları ve o anlarda en dibe vurmuş seni, o saf çocuğu hatırla, yüzleş onunla da. Bir duvar dibine çökmüş ellerini dolamış bacaklarının etrafına ve çenesi diz kapaklarında, gözleri bakmaktaydı parmak uçlarına, iki büklüm oturmaktaydı, yine de arada bir kaldırıyordu başını, ufka da bakıyordu... Kalktı da ayağa, yapayalnızdı ama kalktı, hepimizden duru ve yalındı, hiçbir gündelik kaygı ya da saçma sapan hırsla kirlenmemişti daha; kendini itmemişti hayatın dışına.

Yüzleş onunla...
Yüzleş ki tertemiz ol...
Yüzleş ki kendin ol...
Yüzleş ki yüzsüzleşme, yüzünü teslim etme...

Korkuyorsun...

Duyacaklarından korkuyorsun belki de, insan en çok kendinden korkar konuşurken kendiyle...

Kokusu sarmıştır seni mesela, oturduğun koltukta, baktığın duvarda, o vardır. Mutfağa gider dondurma koyarsın kendine, dondurmayı yediğin kaşıkta onun dudakları vardır. Bir bardak suda bile, kimse değil, o vardır.

Ve koltuklar, duvarlar, kaşıklar, hatta cam bardaklar senin tahmin edebileceğinden daha fazla konuşurlar seninle. Kokusunu özlediklerin dondurmanı bile paylaşmazken seninle, onlar yanında değil diye bütün dünyayı kendinden kilometrelerce uzakta hissederken sen... Korkarsın...

Yalnızken insan, duymaya bile tahammül edemezken içinden gelen sesleri, duvarların sesine hiç katlanamaz, sığamaz koltuklara ve dondurmalar hep düşer kaşıklardan...

Gözler bir sarkaç gibi asılı kalır havada, duvara bir sinek konar sonra ve daha da büyür yalnızlık...

Bir dağın başında yatıyor şimdi babam.

Hep dağ gibiydi,

dağ oldu şimdi...

Dağ

İnsan sayısı kadar dağ vardır dünya üzerinde. Herkesin babası, kendine ait bir dağdır; görkemli, ulaşılması neredeyse imkansız bir dağ.

Hep gözünün önündedir o dağ, elini uzatsan dokunursun, o denli yakınındadır uzaktayken bile. Gücünü hep hissedersin içinde, yollarında gururla yürürsün, tertemiz içine çekersin havasını, nefes alabildiğini hissedersin...

Öyle bir dağdır baba dediğin. Kocamandır ve de sana özel. Başka kimsenin hak iddia edemeyeceği, temiz kalan tek yerindir baban, onca kir pasın içinde başka ne ister insan?

Ama bazen yorulur babalar da, canları gitmek ister, çünkü dağ olmak kolay bir mesele değildir ki sanırım bunu ancak bir dağ bilebilir.

Onlar gidince bizi terk etmiş olmuyorlar aslında bence, sadece bir dağ daha eksiliyor yeryüzünden, bir dağ daha çoğalıyor başka bir alem, o kadar... Yine de başka dağlara bakamıyor artık insan. Yüksek dağların doruklarına bakamıyor babası gezmeye giden çocuklar, bakmaları için bir sebep kalmıyor çünkü, ya da sadece kendi dağlarına bakmak istiyor onlar.

Belki de bu yüzden artık sadece önlerine bakıyorlar...

Delilerden Sen Anlarsın

Bazen her şeye boş vermen gerekir. Delirmek gerekir bazen. Herkes gibi olmamak çok da kötü değildir. Aksine, delileri pek sever 'aklı başında olanlar', yaşamalarına müsaade ederler, eksik olmasınlar. Delilere bakınca ne kadar akıllı olduklarına şükreder, mutlu olurlar. Delilerin rolü küçümsenmemeli, aklı başında olanların bu durumdan haberleri olmazdı deliler olmasa...

Bu düşünceye durduk yere kapılmadım. Kafamda biri var, delinin teki, hem de zırdeli. Aklı evvel akıllıların sempati besledikleri, hoş gördükleri, görmezden geldikleri biri... Şahsen ben hoş görmüyorum delileri; aşığım onlara. Hem hoş görmek ne ki? Bana bulaşma da kime ne yaparsan yap. Düpedüz yok saymaktır hoş görmek, hoş görülenin varlığı reddedilmiş demektir.

Deliliği bu kadar yeren, delileri tedavi etmek için tüm imkanlarını seferber eden günümüz toplumlarının delilere bu kadar sempatiyle yaklaşması, delileri hoş görmesi tuhaf değil mi? Samimi mi peki? Hoş görmek delileri, sırtlarına pat pat vurup, ne şirin şeysin sen, evimizin neşe kaynağı yahu tavrıyla küçümsemek değil de ne?! 'Akıllı'lar çok samimiyetsiz değil mi sence? Deliler bu samimiyetsizliği reddettiklerinden mi deliler yoksa? Ondandır belki de bu boş vermiş tavırlar... Ciddi bir toplantının ortasında şarkı söylemeye başlamak mesela, deliliklere sırıtmaktan daha içten bir tavır değil mi?

İçten ya da değil, bilmiyorum, kafamda bir deli var ve ben o deliyi seviyorum.

Balkon Lambası

Dönemez bizden giden düşlerimize!

Giderken düşlerin kırıklarını bıraktılar ellerimize, zaman aldı onarmak, yordu. Yine de düşler sapasağlam yerlerine konuldu, düşler olmayınca üşüyor çünkü insan. Üşüyeceksin.

Düşler gidenin bıraktığı gibi kalmaz asla gidende. Bir kez eksik bırakılan, bir kez terk edilen hiçbir düş artık yüzüne bakmaz terk edenin, içine işlemez, ruhunu temizlemez bir daha.

Sen artık gözlerinde dehşetle ve çığlıklarla sıçrayacaksın her gece uykundan, hiçbir düşün koynunda uyuyamayacaksın huzurla, hayallerimin dinginliğine yaslayamayacaksın başını. Kapısını çalacak bir düşünün bile kalmadığını gördüğün zaman anlayacaksın yalnızlığın, yalnız bırakmanın çocuk oyuncağı olmadığını.

Balkon lambasına üşüşen sineklere takılacak gözün saatlerce, bir karıncanın ayak sesleriyle ürpereceksin. Coşkuyla, nefes bile almadan anlattığım hayaller gelecek aklına, bize dair kurduğum uzun cümleler kulaklarında çınlayacak. Parlak lambanın susturamadığı ölüm sessizliğinin ortasında delirmekten korkacak, o göz kamaştırıcı hayallere dönmek isteyeceksin sonra.

Ne yazık, yerinde bulamayacaksın.

Olasılıklarla çevriliyiz bu hayatta, her konuda milyar ötesi olasılıklı meşgulüz her an, her saniye.

Belki bir başkası yaslayacak başını terk ettiğin düşlere, huzur bulacak orada. Sen üşürken bir balkonda tek başına, onun içi ısınacak, varlığı içimi ısıtacak.

Belki de ben düşlerim cebimde tek başıma yürüyeceğim hep, ama asla üşümeyeceğim, yokluğunu düşünmeyeceğim.

Bana dönsen de sen düşlerime dönemeyeceksin, düşsüzlükte üşüyeceksin...

Morfin

Ayrı şehirlerde aynı geceye uyuyorduk. Huzurluydu nefesin, boynum yandı bütün gece... Yanımda mıydın yoksa, içimde, en derinimde mi? Bir deprem mi oldu? Yüreğin mi titredi? Huzurun mu yoksa tedirginliğin miydi boynumda hissettiğim?

Pardon hemşire hanım, bu şırınga da neyin nesi?
Özlediklerimi çekip çıkarabilir mi içimden?
Zehirleyebilir mi düşlerimi?

Önemi var mı?

Birlikte boşa harcanmış anların, içinden gelmemelerin, dışına çıkamamaların, cinnete teslim gecelerin, sigara dumanlı, kömür kokulu leş gibi sabahların, özlemlerin ve nefretlerin bedelini ödedin sen, bırak çetelesini akbabalar tutsun, Demokles'in kılıcı gibi tepende sallanan egoların hesabını Freud sorsun, ucuz bar taburelerinde kanayan miden düşük wattlı ampullerin aydınlatamadığı hastane koridorlarında kıvransın, birbiriyle çarpışan sahtekar gösterişlerin 'id'tiğimin dandik boyasının altından oluk oluk cerahat aksın, ruhsuz ruhları pazar pazar dolaştırıp satsınlar üç otuz paraya...

Sen... Boş ver...

Kendi içindeki jilet izlerini say sen, ciğerlerin patlasın özlemekten...

Sahi kaç kere jiletlediler yüreğini, kaç dikiş attılar ciğerlerine senin?

Aşk dediğin şarap gibi sonradan çarpar ya, sen bence kendine yeni jiletler al pazardan, zira yine lazım olacaklar...

Tekil

Sen çoğul yanımdın benim, sensiz ben bininci tekil şahısım; o kadar uzağım kendime.

Kendimi önemsediğim yok pek, adı üstünde tekil, bininci tekil hem de! Ne bir heybeti var ne bir coşkusu... 'Biz'li cümlelerin izi var artık kurduğum 'ben'li cümlelerde ama izi var işte sadece, coşkuyla çıkmıyor ağzımdan hiçbir cümle, sözlerimde sönmüş bir alevin isi. Kötü şey özlemek, cümlelere bile siniyor özlemler, bir kelime eksiliyorsun, kolay değil...

Durduk yerde biz diyebilir mi insan? Deli derler. Anlayacağın, öyle böyle pis bir durum değil bir kelime eksik yaşamak, zor iş bizin iziyle başa çıkmak.

En kötüsü de çoğul sorulara tekil cevap verememenin burukluğu... Türkçe kullanımı bakımından da sıkıntılı bir durum aslında gidişin. "Abi 'siz' de geliyor musunuz sinemaya?" diye soruyor mesela gidişinden bihaber çok sevgili bir arkadaş, sen "Ben gelmiyorum abi" diyemiyorsun. Adam sonuçta çoğul sordu soruyu, cevabın da çoğul olması lazım. Hiçbir şey yapmasa puan kırar bir kere.

Hiç olmadı dil bilgisi hatırına kalsaydın keşke. Ne bileyim, onca ders, onca sınav, tonlarca test, paragraf soruları, anlatım bozuklukları... Onların da mı hatırı yok yani? Yok mu? Peki.

Ama dur, şuralarda son bir bağlaç olacaktı, yanında götür onu da, bende kalmasın.

Belki daha güzel bir hikayenin en güzel yerine kendini bağlarsın...

Hiçbir kitap her güçlüğü çözemeyecektir...
Bilge Karasu

Kitaplık

Etraflı bir temizlik zamanı geldi kitaplığımda, seni anlatmıyor hiçbir kitabım.

İndirip bütün kitapları yere, tozlarını almak lazım güzelce. Sonra kolilere yükleyip bir okul kütüphanesine hediye etmek çok daha faydalı olacak sanki, artık senden başka bir şey okumak istemiyorum çünkü.

Süs ya da gösteriş niyetine saklamak da anlamsız, okundukça değerlenir kitaplar, senin gibi...

Okudukça daha da keşfediyorum seni, kafa yordukça sana, hayata ve kendime dair tonlarca sayfa açılıyor önümde. Ömür boyu bitmeyecek bir kitapsın sen, gece gündüz okumaktan sıkılmayacağım, yanımdan ayırmayacağım tek kitap.

Önemli değil boş kalsın kitaplığım, yüreğimin kitaplığında bir tek sen kal yeter. Çok sevdiğin o tek kişilik koltukta uyuyakalayım her gece seni okurken, sayfaların örtsün göğüs kafesimi, yerinden çıkamasın kalbim...

Uzaklaşınca değil yakınlaşınca özlersin bazılarını...

Öz

Tanıyamadım seni, tanımak bile istemedim, ne tuhaf. Yere düşmüştü gözlerindeki ışıltı, toza toprağa bulanmış, önünü bile aydınlatamıyordu. İç bunaltan bir karanlıktan doğru bakıyordun sanki bana, yağmur yağmıyordu topraklarına...

Sanki talan olmuş sol yanın, yüzyıllar sürmüş bir savaşın yorgunluğu var gözlerinde, bakışların sıcaklığını hissedemez olmuşsun, o çok sevdiğin tene dokunurken titremez olmuş ellerin, kan pompalamaktan öte işlevleri vardır ya kalbin, sen çoktan vazgeçmişsin kalp çarpıntılarından.

Cennetten düşer gibi düşmüşsün işte, kendi kendine kovulmuşsun o aydınlık yüreğinden, duygularından zincirlenmiş yatmaktasın şimdi zindana çevirdiğin hayatın en taş, en soğuk yerinde, bir kap sıcak gülümseme bile getirenin yok...

Tuhaf...

Ne güzel gülerdin sen, ne çok konuşurdun, en önemsiz detayları bile nasıl bir coşkuyla, nasıl bir keyifle anlatırdın, dinlemekten usanırdım, hayata dair duyduğun heyecanlar fazlaydı bu dünyaya, sen fazlaydın bu dünyaya.

Tuhaf...

Dans eder gibi yaşayanlara tahammül edemiyor, kendilerini bir zahmet pistin kenarına davet ediyor bu hayat, doğrudur.

"Sizi şöyle dışarı alalım hanımefendiler, beyefendiler, uygun kıyafetle gelmemişsiniz sizler. İyi geceler."

Bu sevgisizlik, bu tahammülsüzlük yoruyor belki de güzel yürekli insanları ve bazı insanlar herkes gibi olmak yerine hiç kimse olmayı tercih ediyorlar belki de sırf bu yüzden...

Vazgeçince insan en coşkulu, en insan yanlarından, içinde ne varsa onu farklı kılan, neler yapabiliyor kendine. Ne kolay sıyrılabiliyor duygularından, soyutlanıyor kendinden ve nasıl da acımadan yok ediyor içinde ne varsa iyiye, güzele dair.

İnsan kendi cehennemini yaratmakta tereddüt bile etmiyor bazen.

Belki de haklı... Belki de ayrılaşmak değil aynılaşmak öldürüyor ruhu... Aynılaşmaktansa, ruhundan, o eşsiz özünden vazgeçiyor insan, kendi kendini sürgün ediyor içindeki verimli topraklardan.

Tuhaf tuhaf baktı yüzüme, "Ne o beğenemedin mi yeni beni?" der gibi bir hali vardı. Kelimeler artık dans etmiyordu ağzında, ne varsa onu çekici kılan, silinmiş, yokluğa karışmıştı, artık emindim. İçinde müzik bile çalmayan bir hayatı yaşıyordu, içindeki müzik susmuştu artık... Ayışığı bile düşmüyordu yürüdüğü yollara...

Kelimeler boğazımda düğümlendi, sustum. Artık ağzımızdan çıkan hiçbir kelime dans etmeyecekti çünkü, kelimeler ağızdan çıktığı anda mermi gibi delecekti aramızda ne kaldıysa. Sustum.

'Yine aynı hikaye' dedim kendi kendime, arkamı döndüm ve yeniden lanet ederek insanı tüketen her şeye, kendi hiçliğime yol aldım.

Ona inat sonuna kadar açtım içimdeki müziğin sesini... İçimde biri ölüyordu* ve güzel uğurlamalar nedense hep bize düşüyordu...

** Işıklar içindeki duru yüreğe, Ahmet Kaya'ya, lafı hiç de uzatmadan, 'yürek dolusu sevgilerimle' demek istiyorum sadece.*
Bendeki bir kartpostala elleriyle aynı cümleyi yazmıştı o yıllar öncesinde...

Sen yine de giderken ceketimi al bence,
yokluğum bardaktan boşanırcasına yağacak
üzerine...

Sığlık

Beni alan kendini vermeyen, benden alan kendinden vermeyen o bomboş yanını göremedim hiç.

Boşluk kadar hiç, o kadar yok olamazdın bende, izin veremezdim, göze alamazdım sensizliği. Hiçliğini kabul etmek vazgeçmekti sana dair her şeyden, vazgeçemezdim... Sensiz kalmaya cesaret edemezdim asla.

Aşık olmak korkaklaşmaktır, büyük kayıplar yaşamaktan korkmaktır ölesiye. Sensiz bir hiç olacağım paranoyasını besleyip dururken içimde, seni de büyüttüm ben, olmadığından daha büyük, hatta kendimden bile büyük bir hale getirdim seni. Çok büyük severken sevgisizliklerde küçüldüm hep...

Ama geç de olsa fark ettim işte, öyle derinimdeydin ki sen, sığlığını hiç göremedim ben...

Ve o sığlığı fark edişimle oldu bitişin...

Kolay kanma herkese... Kansızın gerçek yüzü
ansızın çarpar yüzüne...

Yalınayak

Yüreğimin kıyısında salınan bir sandalda oturmuş içimi izliyorum şimdi. Bir parça peynir, bir dilim ekmek, bir çay bardağı rakı...

Ve arka sokaklarına usul usul kar yağıyor yüreğimin, çıtırtısı duyuluyor yapraklarda. Beyaza boyanmış kaldırımın üzerindeki yaşlı klarnetçinin üzerine düşüyor sokak lambasının sarı ışığı, caddelerinde kırmızı paltolu bir kadın yürüyor yalın ayak, bir bekçi düdüğüyle gözden kayboluyor, bir çırpıda karanlığıma karışıyor.

Koltuk altında bir darbuka, yakasında bir gül, genç bir şopar ateş istiyor bekçiden, sigarasını yakıyor, çakmağı geri vermeden karanlığa karışıyor yalın ayak.

Hesabı vermeden gidenlerin geride bıraktığı yorgun insanlarla dolu salaş meyhanenin hancısı, kalanlar da gitmesin diye hesap almıyor artık kimseden ve üşüyor içimdeki sokak çocukları, birbirlerinden utanıyorlar titrerken...

En derinime üflüyor yaşlı klarnetçi. Yıllarca sırtladığı, içinde sakladığı ve koyu bir inatla paylaşmadığı bütün hüznü içime içime üflüyor sanki. Şarkısı bitiyor, öksürüyor, dudaklarını siliyor elinin tersiyle. Klarnetini kürklü, kahverengi parkasının içine koyuyor ve kollarını göğsünde kavuşturarak başı önde bana doğru yürüyor. Elleriyle "Sigaran var mı?" gibisinden bir işaret yapıyor, yakıp veriyorum. Gözlerim yüzündeki çizgilerin üzerinde dolaşıyor. Boşluğa bakarcasına bakıyor gözlerime, "Boşluk mu oldum ben?" diye soruyorum kendime, ihtiyar arkasını dönüp uzaklaşıyor.

O da gidiyor... O giderken fark ediyorum, o da yalın ayak yürüyor. İçimde ben hariç herkes yalın ayak yürüyor. İhtiyar uzaklaşırken içimde bir çocuk daha ölüyor. İçim öyle böyle acımıyor.

Evet doğrudur, herkesin içinde en az bir tane çocuk vardır ve yüreklerinin ortasında güneş yüzlü bir kadın...

Lakin gitmeye bayılır benim kadınlarım, zifiri karışırlar karanlığıma ve hep sokak çocuğudur içimdeki çocuklar, gece ayazında yüreğimin, üşümekten utanırlar...

Tasa

Yönettikleri körebenin müdavim ebesiydik, hiç bitmedi oyunları, dur durak bilmediler. Hiç farkında değildik, hep inandık, kandık sandılar. Kolay kanar inanan insan, en çok da onun yarası kanar. Saftır çünkü, tamamen vermiştir kendini inandığı her neyse ya da her kimse ona. Kendine, kendi bencilliğine dair ne varsa bütünüyle geçmiştir ondan ve konduramaz hiç, görmezden gelir gözüne sokulanları. Gönüllü ve gayet farkında bir aldanışla yok sayar hep inandığı yalanları.

Oysa gayet farkındaydık hayatımızın orta yerinde kök salmış yalanların, farkındaydık elimizi uzattığımızda kimseye dokunamayacağımızın, hep ebe olarak kalacağımızın. Farkındaydık da gözü karartmış, kulakları tıkamıştık işte bir kere.

Biliyorduk.

Lakin kendimize bile söyleyemediklerimizi karşımızdakine söyletmeyi hiç istemiyorduk. Zaten yalan dediğin de kolay fark edilir sen safsan, duruysan.

Aslında ne çok aldanır aldattığını sanan...

Ne var ki sevmiştik, inkar mı edelim şimdi kendimizden olanı, içimizden kopanı? Tertemiz sevmiştik işte, gerek var mı süslü kelimelere? Süslü kelimeler süsleyebilir mi şimdi rengi solmuş hayatlarımızı?

Boş ver dünyayı, kendimizi karşımıza alacak kadar sevmiştik özetle. Israrla gözümüze sokulanları ısrarla görmezden gelişimiz bundandı. Yoksa gayet farkındaydık, tasa yok bu hususta.

Bu arada ne güzel bir kelimedir tasa, keşke herkes her şeye tasalansa...

AnKara

Kale'den aşağı bakıyorum, deniz yok.
Sakarya'ya iniyorum tiril tiril çinekop.
İsmi bile dışlamış denizi.
Gridir derler hep,
Karadır oysa...
Denizi en iyi Ankara tanır.

Daha gözlerine bile gidememişken ben,
sen uzaklardan bahsetme bana...

cahrem yakvah

Başka Gülüşler*

Başka gülüşler değmiş senin yüzüne, sen bence git artık.

Su gibi gülerdin sen, su gibi duru, o kadar saf. Senden başka bir tek ben olurdum gülüşlerinde, nerede görsem, nerede duysam tanırdım. O gülüşe ömrümü katardım karşılıksız.

Görüyorum ki başka kelimeler, başka düşler dökülüyor senin gülüşlerinden, bana bakarken içinde biz geçmeyen başka cümleler geçiyor içinden.

Onun için daha fazla uzatma sen bence git artık. Anlamı yok durmanın.

Aynaya bakar gibi oluyorum sana bakınca, su gibi gülerken birdenbire çorak bir toprağa dönmüş yüzün, bana dair hiçbir şey yeşermeyecek orada, farkındayım.

Ne yazık ki sen en verimsiz yanısın artık bu ömrün. Toprağı yeşerten suysa, ömrü yeşerten su gibi gülüşlerdir, unutma. Ve gerçekte olmayan bir saflığın peşinden koşmaktır bir ömrü daha da tüketecek olan.

Onun için, sen bence git artık.

Ben bir duş alıp düşlerimde, arınacak ve yine yeniden hiç yeşermeyecek umutlar serpeceğim yüreğime...

Sen geç kalma otobüse...

*Değerli kardeşim Emre Karataş'a özel...

Leblebi Tozu

Gitti... Sadece ben değil bütün dünya bakakaldı sanki ardından, bütün sesleri sustu yeryüzünün, gülümsemelerin yerini asık suratlar aldı, akşam ezanıyla dönmedi çocuklar evlerine, Hanife hanım teyze kesmedi bahçesine kaçan topu, sabah namazına kalkmadı dedem, sis değil leblebi tozu çöktü üstümüze, nefes almak öksürtüyordu artık.

Gitti... Yutkunamadım bile, gözlerim yaş dolmadı, dilim dönmedi, adını mırıldanamadım, kalp ritmim bozulmadı. Bir rüzgar esti ve sara nöbetine tutulmuş gibi kesik kesik çırpındı yapraklar.

O gitti ve durdu zaman.

Yeryüzü, ben ve bütün çocuklar, leblebi tozu kadar ölümsüzdük o an...

Başka tenlerde kendinle hesaplaşmaktır
ihanet...

İmbat

Öyle şeyler yaşarsın ki senin yıkılacağını, bir daha asla toparlanamayacağını düşünmeleri gayet normal olur. Başka türlüsünü düşünseler sen şaşırırsın. Yani o derece sert bir yıkım devam etmektedir hayatının tam ortasında.

Kısmen bağlansa da elin kolun, bir süre kımıldayamasan da aslında her şeyin farkındasındır. Ellerinle toplamak, yeniden bir araya getirmek için dağılan parçalarını, biraz beklersin sadece, biraz dinlenmek gerekir bazen.

Ama bazıları da herkes değildir. En yakınında, hatta asla çıkamayacak kadar içinde, yüreğindedir onlar. Yüreğinin en derinindedirler hatta, seni en az senin kadar bilirler. Sabırla beklerler seninle birlikte çünkü onlar da bilirler. Yıkılmayacağını, her yıkımdan daha da güçlü çıkacağını çok iyi bilirler.

Zaten yıkılmak istemeyen kimse yıkılmaz bu hayatta ve senin de niyetin yoktur aslında yıkılmaya, olmamalı da.

Geri kalan herkes öğrenir zamanla. Sevgiyi büyütmek, güzellikleri çoğaltmak ve iyilikleri tüketmek yerine üretmekse senin amacın bu hayatta, yıkamazlar. Ancak kendilerini tüketir dururlar ki bu da seni ilgilendiren bir şey değil zaten, kendi tercihleridir.

Saygı duy onlara ve rüzgar ekenleri fırtınalarıyla baş başa bırak sen. Sakin bir imbat essin yüzüne doğru, yeter...

Ses

Cılız da olsa bir ses versen diyorum artık, gerçi cılız çıkmaz senin sesin ama insan en aza bile razı geliyor işte bazen.

Bir dakikalığına da olsa gelsen diyorum, ölmezsin ya? Silinip gitse dünyanın tüm gereksiz kokuları, bir küçük dakikalığına da olsa sarılsam bir ömür gibi, başımı omzuna gömsem, tek senin kokunu çeksem en içerime, çeksem ve boğulsam o nefeste. Gelmezsin biliyorum, ya ömürlük gelir ya da ömürlük gidersin sen. İkisinde de varlığını eksiltmez, gülüşünü esirgemezsin. Yokluğun bile varoluş sebebidir.

Öylesine görkemli, öylesine bitmeyen ve öylesine kanayan devasa bir özleme dönüşensin sen...

Yok olanlar varlar aslında evet, ama sesleri de olsa diyor insan, nefesleri ısıtsa yeryüzünü... Yetinemiyor insan olmayanın varlığıyla, buram buram koksalar hep burnumuzda, o büyü hiç bozulmasa keşke, benliklerimiz alt üst olmasa... Olmuyor ama, sessiz ve kokusuz bir kalabalık kalıyor elde sadece, silinmiyor kulakların pası, dilin hep damağına yapışık...

Yalnızlıklarda çözüldük sandılar
başkalarına bağlı yaşayanlar...

Kızgın Yazı

İktidara, güçlüye, gücünü zorbaca kullanana karşı en çok konuşan, arkasından atıp tutan bazı içten pazarlıklı sefillerin, erki elinde tutanın yüzüne gelince ses çıkarmayı bırak, tam bir asalak misali o güce en çok tapınanlar, ondan en çok nemalananlar olduklarını gördüm.

Sağlamasını yapın isterseniz, çalıştığınız yere bakın örneğin. Beş para etmeyen, karaktersiz, çıkarcı ucubelerin, empatiden yoksun bencil sersemlerin, o kuş beyinlilerin neler elde edebildiklerine bir bakın. Bir de arada yem atın, en tepedekine laf edin mesela, arkadan konuşmayı severler onlar. Sularını falan da verin güzelce, semirsinler iyice.

Günü geldiğinde etleri dolgun olur, memnun ederler sahiplerini.

Çünkü günü geldiğinde önce onlar kesilirler...

Benim olmayanın ederi vardır, benim olanınsa değeri…

Seçim

Seçim yapman gerekir bazen, seçim yapmak zorunda bırakılırsın. En yakınındaki bile getirip önüne bırakabilir bu seçimi, gözlerinin içine bakar, cevap bekler. Çünkü senin vazgeçilmezin, önemsiz bir detayı olabilir bir başka hayatın.

Sen olabileceğini düşünürsün, olmaması için hiçbir sebep yoktur ama olmaz, olmasını istemezler.

Güzel bir filmi izlerken güzel bir kadının saçlarını okşayabilir insan, ya da o kadının gözlerinin içine bakarken 'seni seviyorum' diyebilir mesela; atasözü bile vardır, eli işteyken pekala gözü oynaşta olabilir insanın. Evet, insan beyni karmaşık yapıların üstesinden gelebilir aslında, yeter ki istesin.

Ama dedim ya, bazıları istemez işte.

Onlar kendilerine verdikleri değeri senin yapacağın seçimlere endekslemişlerdir, değerlerini basit seçimlerle sınırlamışlardır nedense ve ne acıdır ki sen bunu göremezsin. Aptalca bir telaşla sürekli kurcalarsın beynini, ruhunu yorarsın, yorulursun.
Sonra zorla da olsa bir seçim yaparsın. Her yaptığın seçimde kazandığın ve kaybettiğin bir şeylerin olduğunu anlamazsın.

O an kazandığının kayıp, vazgeçtiğininse kazanç olduğunu anlaman için çok zaman geçmesi gerekir.

Kaç aşk, kaç kitap, kaç şehir, kaç iklim gerekir sayamazsın ama bilirsin: Aşkları, kitapları, şehirleri ve iklimleri eskittikçe farkına varır insan kazançlarının ve kayıplarının.

İş işten geçti sanırlar çoğu zaman; sen aldırma onlara.

Kayıplarla demlenir, kaybettikçe demli bir çay olur, tadını çıkarır kendinin insan...

Kalabalık

Ben gel deseydim gelirdin bence sen, geride bıraktıklarını bir an bile düşünmeden, bir an bile tereddüt etmeden hem de.

Aitsin ve de sahipsin sen. Yaşadıklarına, yaşattıklarına aitsin, asla koparamayacağın bağların var senin sahip olduklarınla, yaşadığın her ana her an sahipsin, geçmişten geleceğe, unutmayan, reddetmeyensin.

Sen sahip olduklarına aitsin. Ben gel deseydim gelirdin bence sen.

Söndürürdün sigaranı, yarım kalırdı çayın ama hayıflanmazdın buna. Aptal aptal gülerdin yanımda yürürken, ayağın mutlaka bir yere takılırdı düz yolda, tökezler yapışırdın koluma, aptal aptal gülerdin yine.

Bu dünyadan değildin, herkes gibi değildin sen. Gülmek nedir biliyordun çünkü, en güzel sen gülüyordun, ben bu ödülü her gün sana veriyordum, sen bilmiyordun.

Ben gel deseydim gelirdin bence sen...

Bir iki dostu ziyaret eder, özlem giderirdik. Sonra Bülent Amca'yla iki lafın belini kırar, yalnızlıkları bölüşür aramızda, üstüne birer çeyrek kokoreç yerdik. Son bir bira içerdik yola çıkmadan muhakkak, sonra bir tane, bir tane daha derken kurduğumuz hayallerde sızardık, sızar ve bir daha uyanmazdık.

Bölüşülen yalnızlıklar en güzel yastığıdır hayallerinde sızanların...

Başımız yalnızlıklarda, ruhumuz hayallerimizde sızardık artık asla dönüp bakamayacağımız bir sokağın tam ortasında... Yürüyeni olmayan sokaklara bakmak istemez çünkü bazıları, yürüyenler müzesi yüreğimiz, yürüyensizlikten yıkılsındır o sokaklar...

Hep uyuyorduk biz, aynı hayallere uyuyorduk seninle, fal taşı gibi açıkken gözlerimiz, her detayın tadını çıkarıyorduk hayallerimizde. Kimse bilmiyordu, gerçek adı verilen bir sanrının içinde yaşadıklarını sanıyorlardı...

Kimse bilmiyordu, bu dünyada hayallerden başka yaşanacak yer yoktu.

Anlatamıyorduk, söylediklerimiz duyulmuyordu. Yüzümüzdeki sevinci göremiyorlardı. Gözden ırak bir kuytuda uyuyorduk biz onlara göre, onlarsa yaşıyordu.

Efsunlu ve yalnız ve hiç gülmeyen bir kalabalık, kendinden bihaber, bizi yaşamıyor sanıyordu. Bilmiyorlardı, gülünce nefes alıyordu aslında insan, hayal kurdukça hayatta kalıyordu.

Ben gel deseydim gelirdin bence sen...

Ruhunu yitirmiş kalabalıkları kim ne yapsın? Hayallere sahipsin ve onlara aitsin sen... Yalanlarla dolu gerçeğin inkarı, dibine kadar gerçek hayallerin ta kendisiyim ben, bensiz yapamazsın sen...

Hiç sırtımdan vuruldum diyemedim,
ben kimseye sırtımı dönmedim...

Terzi

Sana gitme diyebilseydim, günün birinde ben de ölürdüm inan..

Ben sustum, sense farkında değildin, giderken ölüyordun. Kımıldamak bile gelmedi içimden, gitme demedim, gitme demek gidişini kabullenmekti, ben kabullenmedim. Gitme demek geldiğini kabul etmekti, reddettim. Topyekün varlığını hiç mi hiçe indirgedim ve ölüme gidişini sadece izledim. Nasıl bu kadar soğukkanlı kalabildim bilmiyorum.

Önemi de yok.

Giden sadece aşkı giyinmişti bir süre ve giderken çıkartmış, onu ilk kez giydiği yere asmıştı. Olan buydu.

Aslında bu da değildi, sen yoktun, hiç gelmemiştin. Dolayısıyla gidişin iyice mantıksız bir hal almaya başladı. Gelmeyen gidemez, ben demiyorum, felsefe diyor.

Bak böyle çok güzel oldu, evet, nokta.

Daha fazla........
Daha fazla.............
Evet böyle..................
Tamam yeter.

Bazı kıyafetler bol gelir insana ve terziler hiçbir zaman aslı gibi dikemez bilirsin. Onlar onarmakta daha iyidir aslında ama ne hikmetse atalarımıza göre, kendi söküklerini bile dikemezler. Bence bu terziler siniri bozuk bir ataya denk geldiler. Neyse...

Sana gitme diyebilseydim, günün birinde ben de ölürdüm.

Ve ölmek aşkı unutturur inan...

Sana gitme demedim ama aşk hala yanı başımdaydı işte. Ben ölmedim çünkü aşk ölümsüzlük demekti. Aşk hep bendi, benimdi. Onu üzerinden çıkaranlar içinse artık çok geçti...

Seni ölümlü dünyanın kollarına bıraktım ben. Hep olduğum yerdeydim, hep olduğum yerdeyim... Önceleri farkına varamaz insan ama kapıyı kendi yüzüne kapatır aslında giden...

KALANSA AĞLAR,
bizimdir, güzeldir,
bizdendir KALAN SAĞLAR...

Dışarıdaki

Işıltılı salonlarda boy gösteren zarif bir kadındı aşk, onu dışarıda, yağmurlar altında, parmak uçlarımızda izlemek düştü bize...

Biz it gibi ıslanırken ve titrerken dışarıda, o küçük adımlarla dans ediyordu nispet yaparcasına. O parlıyordu biz karanlığa gömülüyorduk... Salon ışıkları göz alıyordu, pırıl pırıldı her yer; göz gözü görmüyordu bizim küçük odalarımızda, oksitlenme yapmıştı nefes borumuz, nefes alamıyor, yutkunabiliyorduk tek.

Sanki hep dışında bırakılmalıydık her şeyin, evrensel bir kuraldı, hep kenarda bekletilmeli, hep adımlarca öteden izlemeliydik özlediklerimizin adımlarını. Görünmez bir duvar örülüydü etrafımızda ve neyi istediysek yüzümüze bile bakmadan geçip gidiyordu yanımızdan. Ya da isteklerimize bir kere ulaşamadığımız zaman böyle hissetmeliydik, en dibe vurmalı, genellemeden duramamalıydık.

O denli veriyorduk işte kendimizi, her şeyi tek bir şeye indirgeyecek ve onun uzağındayken tüm benliğimizi alıp en dibe sokacak kadar veriyorduk. Alan yoktu. Bir süre sonra bu da anlamını yitiriyordu. Hayatın bir suçu yoktu, hayatını anlamsız kılan insandı.

Belki de hiç çocuk olmamalı insan, tüm bu rezilliği hayatın, çocuk kalamamaktan.

Dibe vurma eğilimimizdeki neden pekala çocukluk yaraları olabilir. İlk aşkını düşün, ilkokul yıllarını... Yüzde kaçımız ilk aşkının elinin tutabildi? Kaçımıza bizim ona güldüğümüz gibi güldü o? Dürüst olalım, herkes en yakınken ona, en uzak biz değil miydik?

Abartıyorum belki de, bilmiyorum, ama yine de hiç çocuk olmamalı insan. Büyüyünce karanlığı öğreniyor çünkü...

Ve sönüyor gözündeki ışık, parlamıyor bir daha.

İlk Görüşte

Seni ilk kez gördüğüm günü hatırlıyorum, bundan daha güzel bir şey görmedim zaten hayatım boyunca.

Gülerken gözlerini kısmanı sevdim en çok da... Erik yiyordun. İster misin diye sordun. Elini ilk kez o zaman uzattın. Kaşlarını fark ettim sonra ve olanca güzelliğiyle ortaya çıkan gözlerini sevdim. Utandım, uzun uzun bakamadım.

İncecikti parmakların, dokunmak istedim ama kırılmalarından korktum. Biliyor musun, aşk çok yakışırdı senin parmaklarına, bir piyano tuşuna dokunur gibi dokunmak isterdim onlara.

Heyecanla bir şeyler anlatırken etrafındakilere, ellerinin aldığı tuhaf şekilleri, tane tane konuşmanı, ses tonundaki ikna edici dinginliği sevdim en çok. Yaptığın her yoruma bilerek karşı çıktım, daha da konuş, o dinginlik daha da içime işlesin istedim.

Daha çok şey sıralayabilirim, ilk görüşe sonsuz kelime sığdırabilirim, emin ol.

Ama gerek yok.

Çünkü ben, sende neyi sevdiğime karar verememeyi seviyorum en çok. Gerisinin pek de önemi yok...

Sev Kardeşim

Parçalanmaktır sevmek. Hala parçalanmayan bir tarafın kaldıysa yaşamıyorsun demektir.

Yaşıyorsan da bitkisel hayattasın. Oha, bitkilere hakaret ettim basbaya, özür dilerim tüm yapraklardan. Yaşıyorsan da sevmiyorsun demektir desem daha doğru bir ifade olurdu, zira sevmek parçalanmak demektir. Sevmeyi de en cılız tarafından tutarsın sen şimdi, aşk acıların gelmiştir aklına, geç onları arkadaşım, içindeki kocaman sevgileri ben mi hatırlatayım sana? Ailene duyduğun sevgiyi düşün hiçbir şey yapamıyorsan ya da asla bir nar ağacı dikmemiş olsan da nar ağaçlarına duyduğun sevgiyi düşün mesela, hani ağacı budayan amca hasır şapkasıyla ağacın arkasından gülüyordu sana?

Öyle işte. Sev güzel kardeşim, binlerce sev ve parçalan binlerce. Adam gibi sevmiş parçaların gelir parça parça birleşir yeniden sende, dert etme.

Rüzgar gülünce mi dönüyor acaba
rüzgar gülü?

Lalalala

Belki de haklıdır o şarkıcı, belki de kendini olduğun gibi dayatman, 'lalalala ben hep böyleydim lalalala ben hep böyleyim' kafasında yaşaman gerekiyordur, neden olmasın?

Öbür türlü bir şey geçmiyor ele, başkalarına koşar adım gittikçe senden gidiyor hep. Empati, hoşgörü, paylaşım gibi kavramlar yerlerde sürünüyor, can çekişiyor, dürüst olalım. Karşılık beklediğinden falan değil, vere vere verecek bir şey kalmıyor içinde ve iç çekişlerini almıyor kimse. İlişkilerin de her zaman mükemmel olmadığı, karşılıklı paylaşıma dayanmadığı malumumuz, onu çoktan anladık zaten.

E iyi de, ne yapacağız o zaman? Herkes 'lalalala ben böyleyiiimmm' diye ortalıkta dolaşırken biz "Aslında daha güzel şarkılar yapılabilir ya, bir saniye durun bak" diye peşlerinden mi koşacağız yani saf gibi?

Cık. O olmaz bu saatten sonra.
Bence çok güzel şarkı yapmışsınız bayan, lalalala o zaman ben de böyleyim.

Öyle sıradandın ki utandırmaya kıyamadım...

Kir

İnanamadım önce, ağlamaktan kan çanağına döndü gözlerim sonra ve ben bakır bir çanakta gözyaşı biriktirdim sana. Yine de uzun yollardan sana geldim işte düşe kalka, farklı değiliz çünkü, aynıyız tepeden tırnağa. Sen şimdi yüzünü yıka, ben de bir kendime geleyim, konuşuruz sonra...

Yüzlerde gizli ihaneti sahte gülümsemeler değil, gözyaşları silebilir ancak, zorlama kendini, gülümsemesen de olur bana. Ağlamak arınmaktır yürekteki kirden, sen ağlayamasan da dokun gözyaşlarıma, belki yüreğin ferahlar, insan nasıl temizler yüreğini onu öğrenirsin sonra...

Sonra? Sonrası malum, temizlendikçe dayanamıyor, kirlenmeyi özlüyor insan; zaten kirlenmektir temizlenmeyi de anlamlı kılan. Sen önce bir temizlen şimdi, nasılsa herkes gibi kirleneceğiz sonra...

Ve kim öperse öpsün,
geçmiyor artık...

Sihir

Sana bir sır vereceğim, inanılmaz bir sihri paylaşacağım seninle, yaklaş.

Bir şarkının, hatta bir albümün içine hapsolmuş durumda şu an çocukluğun. Kurtarabilirsin onu. Hayatının hiçbir döneminde yaşamadığın güzellikler, en saf, en temiz duyguların her an ulaşabileceğin bir noktada aslında.

İlk aşkın, kalbinin nerede olduğunu öğrendiğin ilk zaman, o sersem, o kendini bilmez hallerin, en çocuksu yanların, en duru zamanların saklı o melodilerin ve sözlerin içinde. Geceleri yatağına girdiğinde, o kocaman müzik çalarda bıkmadan dinlediğin bir albüm vardı hani, tekrar tekrar dinliyor ve sadece ilk aşkını düşünüyordun. Hatırladın mı?

Şimdi bu gece yatağına girdiğinde, kulaklığını tak ve o albümü dinle. Anında girecek sihir devreye. Zamanda küçük bir yolculuğa çıkacaksın ve aslında ne kadar güzel bir insan olduğunu, hayatın ne kadar yaşamaya değer olduğunu bir kez daha hatırlayacaksın...

Çünkü aşk var ve aşk varsa insan da güzeldir, dünya da...

Birinden gidiyorsun bana gelirken,
gelme,
gidersin yine...

Hiç Kanaması

Hiç kanamasından da ölür insan, hiçbir doktorun bulamayacağı bir yerinde adı sanı bilinmez bir organın, hiç ulaşılabilemez en ücra köşesinde yüreğin, ağızdan salınan bir hortumun ulaşıp görüntüleyemeyeceği kadar uzak bir diyarda sanki... En içeride, kimsenin bilemeyeceği, isimlendiremeyeceği bir mesafede.

Hepi topu bir hiçlik aslına bakarsan, yazması kolay, telafuzu basit. Varlığın karşıtı, bir şeyin herhangi bir yerde, herhangi bir şekilde olmama hali. Varlığıyla yüceltenin yokluğunda, ismin hiç halini öğrenirsin, edebiyat derslerinin öğretilmeyen tek konusunda...

Nasıl kanar dersin? Nasıl kanar da ölümcül olabilir olmayan bir şey? Hiç kanar mı hiç? Kanamaz elbet, kanatır. Yüreğinin ortasında var olup birden nedensiz yok olanlar, durmadan kanatır seni.

İç kanamasından geri dönüş vardır belki, tıp son derece modern sonuçta. Teknoloji de ilerledi baya, yani bildiğim kadarıyla öyle, çay ocaklarında bile bahsediliyor bundan. Tedavi edilemeyen hastalık bile kalmamış artık. Öyle diyorlar, başkalarının yalancısıyım ben. Lakin hiç kanamasını durdurabilir mi ileri teknolojik tıp? Bundan emin değilim.

Kocaman bir kuyu var içimde başı sonu belirsiz. Mor duvarları sürekli bir şeyler anlatıyor, ne dediğini anlamıyorum. Ne zaman bir kova sarkıtsam bir yudum su için, kan gölüne dönüyor içim, parmaklarım kıpkırmızı kesiliyor. Çağırmadığım halde ambulanslar üşüşüyor kapıma, nafile, yetiştiremiyorlar. Daha sedyeye varmadan kuruyor gözyaşlarım.

İç kanaması neyse de, hiç kanamasıdır asıl ölümcül olan hiçlik içini ele geçirdiği zaman.

Demek Sen de Astın Ceketini Yağmurlara

Telefonu açtığımda sorduğu ilk soru olanca coşkusuyla "Paşam naber?" olurdu, istisnası yoktu. Ben bir paşaydım ve nasıl olduğum bilinmeliydi.

Ses tonumdaki en ufak kırılmayı anlardı. "Sen nasılsın?" diye sorduğumda da istisnasız 'kale gibi'ydi hep, başka bir cevap verdiğini duymadım hiç. En dibe vurduğum anlarda bile beni diplerden çekip çıkaran tek cümleydi, hala tek ve hala kulaklarımda: 'Kale gibiyim'.

Birlikte olduğumuz zamanlardaysa bir an bile dalgın, durgun ya da düşünceli görse beni, hemen "Boks!" diye haykırır, gardını alır, olanca çevikliği ve seriliğiyle yanıma ışınlanırdı adeta. Hüzünlü, gri halleri sevmezdi babam, net adamdı, bembeyazdı. Onun 'omuzlarını çökerten, yüzündeki neşeyi çalan o hayat denen ağırlığı kaldır at omuzlarından' deme şekli buydu. "Boks!"

Yanı başımda bana doğru ama havaya savurduğu sağlı sollu kroşeler, aparkatlar sonrası kendime gelip ayağa kalkar, gardımı almak zorunda kalırdım. Yanlışlıkla vurur da içi acır korkusuyla kaçmaya yeltenir fakat hep yakalanırdım. Onun çevikliği karşısındaki perişan halime bakar gülmekten kırılırdım.

Asla durmazdı babam, bense artık kaçamayacağımı anladığım anda dik durup hamle yapmak zorunda kalırdım. Hep o kazanırdı gerçi ama pes etmekten vazgeçip karşısında durmaya başladığım anda aslında ben de kazanırdım. O kazandırırdı. Pes etmeme tahammül edemeyen güzel adam bana çok şey kazandırdı. "Boks!" demek 'durma, kalk, kaç, gülümse, kahkaha at, geri dön, dövüş, yenil ama kazan!' demekti onun dilinde. Ringde de, hayatta da çok darbe aldı, lakin ikisinde de nakavt olmadı hiç. Hayata da dimdik ayakta veda etti zaten, daha güzel bir dünyaya dimdik ayakta gitti...

Şimdi ben ne zaman boks kelimesini duysam, birden fırlayıp yerimden, etrafa bakıyorum yerinden fırlayacak gibi onu arayan gözlerle. İfadem donuklaşıyor sonra, boynum bükülüyor. Tam olduğum yere yığılıp kalacakken olanca coşkusuyla o davudi sesi duyuyorum tekrar, "Boks!!!" Kalkıp omuzlarımı hareket ettiriyorum önce, başımı sağa sola çevirirken kollarımı sarkıtıyorum iki yana rahatlasınlar, dövüşmeye hazır hale gelsinler diye... Sonra gölgemle dövüşüyor, havaya kroşeler, aparkatlar savuruyorum nefesim kesilene dek.

Yürüdüğü yerlere gidiyor, başım önde ayak izlerini görmeye çalışıyorum. Boynum bükük diye değil, yukardan bakınca arandığını bilsin diye. Yolları, sokakları, masaları, sandalyeleri didik ediyorum, irkilerek dönüyorum her köşe başını birden çıkıverir karşıma diye, yokluğu bile hissettiriyor varlığını.

Sonra bir deniz kenarına gidiyorum, geçmişte bir güne, sanki bir saat önceye.

O, işte tam buradaydı, o zaman 'var'dı, kimse duymadı, kimse görmedi, benliğimi tarumar eden yarasına aktı gözyaşı, sonra sessiz sedasız 'yok'luğa karıştı...

Lakin 'var' hala, işte tam burada, yüreğimin tam ortasında, ağzımdan çıkan her harfte, ciğerlerime çektiğim her nefeste, yanı başımda. Duyuyorum ben, görüyorum, yine sağlı sollu kroşeler, aparkatlar savuruyor bana doğru, dokunmuyor, incitmiyor ve her an yaramı okşuyor artık, alnımdan öpüyor, gözyaşlarım düşüyor avuçlarına...

O gülüyor, yüreğimi yerinden çıkarırcasına, içimi kanatırcasına gülüyor ve gülümseyerek sesleniyor uzaklardan...

"Kale gibisin paşam! Kale gibisin evlat!"...

Asla geri veremeyeceklerini ne kolay götürdüler bizden...

Zonguldak

Her daim gri rengi, yağmuru, insanı kanırtan yokuşları, geçmişiyle sürekli bir savaşma ve de sevişme halinde olduğunu gösteren yıkık dökük ama karakterli binaları, elleri nasırlı yüzleri aydınlık adamları ve mahcup kadınları, kazma kelimesinin küfrü değil emeği çağrıştırması, öylesi üretim potansiyeline sahip olmasına rağmen ne hikmetse tükenmenin eşiğine gelmesi ve mütemadiyen yalnız bırakılmayı, sahipsiz kalmayı sevmesi gibi kendine özgü tuhaf özellikleri olan, içinde yaşamamış, o berbat havayı hiç solumamış insanların asla sevemeyeceği, kendi halinde, küçük ama gururlu şehir.

Şehrim...
İtirafımdır,
ilk gençlik yıllarımda sarhoş olup farkında bile olmadan son biramı bir çöplükte içecek kadar aşıkken ben, aslında o çirkin kıza değil, sana aşıktım...

Anladım...

Sana attığım adımları içime atsaydım keşke...

Temiz Çarşaf

Sabah uykuları bölünür gibi, buz gibi bir sis çökmüşken şehrin üzerine ve dumanlar çıkarken başı önde gece vardiyasından çıkmış işçilerin ağzından, 5 dakika daha uyku için yalvarır gibi anneye, uykusuz gecelerin ardından ütülü, lavanta kokulu nevresimlerin içine yatırır gibi bedeni, varlıkla yokluk arasında debelenirken bir başına, oradan oraya sürüklerken kendini, ruhunu koyacak bir yer bulamamak gibi, patates kızartmasına karışmış menemen kokusuna uyanır gibi, aç karnına yaktığın sigarayla doyar gibi, bir dostun cenaze namazını kılar gibi, yine yeniden yenilip gece ayazında sokaklardan meydanlara marşlar söyleyerek çıkar gibi, sokak ortasında kanayan bir bıçak yarasına avucunu basmak, gırtlağını patlatırcasına bağırmak gibi, ille de söver gibi kepazeliğine hayat denen bu zırvanın, bu denli doluyken her şey ve bir o kadar boşken, ve sen dibine kadar eksikken bende...

Zaten biten aşklar, giden sevgililer, yitirilen canlar, yol alamayan serüvenlerle, hep yaralı yola koyuluyor insan.

İnsan mutlu olamıyor işte eksikken...
Bir de sen gelme şimdi...
Yokluğun en büyük varlığı bu ömrün...

Sedye

Ne farkın var şimdi senin bir sedyede narkozlanmış kesilmeyi bekleyen ve fakat umudu kesmiş kendinden, çoktan geçmiş özlemlerden, gelecek güzel günleri içine son nefes niyetine çeken bir bedenden?

Ölümcül bir hastalığa yakalanmış gibi çaresiz koşturup kapı kapı, surat surat çare dilenmiyor musun sen de iyi niyet hastalığına? Yüz çevirmiyorlar mı senden kapısını çaldıkların, yüzüne kapatmıyorlar mı kapıları?

Kalabalık mı etrafı iyi niyet hastalarının? Sorup soruşturanları, hal hatır soranları var mı? Yok, bana sorarsan. Hayatta kalsalar bile, yalnız kalıyorlar. Güzel insanların gözlerinden hep kimsesizlik akıyor nedense.

Ve kolay iyileşmiyor iyi niyetinden vurulanlar.

Gecenin en köründe gel, ayak sesinle dağılsın
kalbim...

Sabah Dokuz Akşam Beş

Yıllarca düzenli olarak, belirlenmiş saat dilimleri dahilinde okula gitmenin, çalışmanın, uyumanın, uyanmanın, yemek yemenin ve hatta sevişmenin en büyük zararı sanırım ertesi gün işin olmadığında, akreple yelkovan arasına sıkıştırılmadığında bile kendini rahatsız hissetmen, sürekli bir yere, bir şeylere yetişme hissini sana 'izin' verilen zaman dilimlerinde bile üzerinden atamaman.

Yaşadığımız dünyada zaman dediğimiz şey aslında özgürlüğünü elinden alan, seni esir eden bir çeşit uyuşturucu, kendini kolay kolay kurtaramadığın bir engellenme, zincirlenme durumu.

Bu yüzden eksik insanlarız biz, hayatımızın ne kadarına gerçekten sahibiz, bu hayat aslında ne kadar bizim çok merak ediyorum...

Bırak soğusun çayın,
özlemlerin sıcak nasılsa...

Kül

Herkes ölür, bir gün ben de ölürüm. En ölmez sandıkların da ölür. Bir sandık dolusu tozlu anı kalır geride en fazla, koyacak yer bulamazsın. Fotoğraflar, çerçeveler, saatler, kalemler ve yazdıkları o kalemlerin, bir bir ayaklanıp karşına dikilirler, kaçamazsın. Zamanla alışılıyor diyen birileri çıkar hep, bilirsin, zamanla b*k geçer afedersin. Zamanla geçen tek şey bir daha asla yaşayamayacaklarındır gidenlerle. Zamanla geçmeyen yaman bir acı miras kalır sana ve ortağı yoktur onun, pay edilmez, herkes kendi acısının varisidir.

Herkes ölür, bir gün ben de ölürüm. Belki çok uzak geliyordur sana ama sen de ölürsün.

Kar gibi bir tül perde yerinden oynar en fazla, yüzünde sapsarı bir esinti hissedersin, hepsi bu. Ne anılarını ne de acılarını götürebilirsin yanında, kalır onlar.

Sahip çıkanı olmazsa yakılır, göğe savrulurlar...

Özünden düşmüşsün sen,
gözümden düşmüşsün çok mu?

Ezber

Ve hayat yine de güzel, yaşamaya değer, umudunu asla kaybetmemeli insan gibi kerameti kendinden menkul, ezbere cümleler kuracağım sana, böyle davranmak zorunda hissedeceğim niyeyse, acının her zaman olacağını bile bile. Dünya senin başına yıkılıyorken, ben sıradan cümlelerimle sıradan bir hale getireceğim senin o an yaşadıklarını.

Sen susacaksın, ben klişelerimden utanacağım. Sonra bir haksızlığa uğrayacaksın ve başka zamanlarda ezbere konuşmayı çok iyi beceren ben o anda başımı öne eğip, susacağım...

Susmayı da konuşmayı da beceremeyen insanlarız biz. 'Susma ve Konuşma Zamanlaması 1'i her sene alttan alan öğrencileriz bu hayatta. Klişelerin ortasında şekillendiğimizden belki de, klişe olmayanı yapmaya kalkamıyoruz işte. Sustuğumuz ve konuştuğumuz anlar bile o kadar aynı ki.

Kendimiz olmak yerine birbirimize benzemeye çalışmaktan hep...

Acı çekene umudunu kaybetme demek yerine sussak mesela, dibine kadar yaşasa acısını? Ya da burnumuzun dibindeki bir haksızlığa susmak yerine konuşsak? Suçlu mu hissederiz acı çekenle birlikte susunca? İpimizi mi çekerler konuşunca? Bizi biz yapan ne ki o zaman, bizden başka her şey mi?

Kendi ezberini bozmalı insan.

Susarak paylaşmak diye bir şey var aslında ezbere cümlelerin ötesinde anlamlar taşıyan. Ve yeri geldiğinde konuşmak diye bir şey var susmaktan daha onurlu olan.

Parıltı

Sen sokaktasındır, en dibe vurmuşsundur ve pencerelerde en çok o zaman parlaktır ışıklar.

O ışıkların altında mutlu kalabalıkları hayal edersin yemek hazırlayanlar, ders çalışanlar, uzanmış televizyon izleyenler, telefonda sevdikleriyle konuşanlar... Gıptayla izlemek, o evlerin içindeki mutluluğu hayal edip iç çekmektir sana biçilen rol.

"Hayat kocaman bir sahnedir" diyordu Shakespeare, bu sahnede en küçük oyuncu sen olursun o anlarda. Evinin ve hayatın dışarısında, yapayalnızsındır ve evlerde en çok o zaman mutludur insanlar...

Sokak lambaları kırmızı artık.
Ve yasa dışı bir eylem seni beklemek...

Kırılma

Herkes gibi sen de sandın ki acı çekecek, dayanamayacak ve geri dönecek.

Dönmedi değil mi? Acı da çekmiyor? Aksine çok mutlu ve yaşanmış ne varsa hayata, paylaşmaya ve sevdaya dair, hiç yaşanmamışçasına, onları yok sayarcasına bir bir çiğniyor değil mi? Gülümseyebiliyor mesela... Erkenden uyanıp işine gidebiliyor, iş çıkışı arkadaşlarıyla planlar yapıp güzel vakit geçirebiliyor, yeni çıkan filmleri, albümleri ve kitapları takip edebiliyor, yeni insanlarla tanışıyor...

O güldükçe ıhlamur ağacı gibi kokmuyor artık dünya ve gözlerinde vazgeçilmelerin can sıkıcı yorgunluğu var senin. Kendi tarihini kendi yazamıyor insan, anladın değil mi? Tarih dediğin kazananların hikayeleriyle dolu bir safsata ve sen hep okuyanısın bu safsatanın. Eline bir kurşun kalem tutuşturmuşlar ama ne hikmetse o kalemi açamıyor açacaklar, hep kırıyor. Kırılıyoruz.

Kırıla kırıla kırılmanın tarihini yazıyoruz aslında, farkında değiliz.

Asla acı çekmesine dayanamayacaklarımızın acılar içinde kıvranmasını isteyecek kadar manyaklaşabiliriz, bu bizi kötü yapmaz. Sevdiklerimizin acı çekmesini istemek de insanidir, hayatın içindedir. Nazım gibi olmak lazım hatta, yeri geldi mi en sevileni bile yerden yere vurmalı ki ayağa kalksın.

Acı çekmek aslında biraz daha insan olmaktır ve sen acı çekerken mutlu olabilen sevdiklerin de acı çeksinler ve insan taraflarını hatırlasınlar. Evet, istemelisin bunu. İstiyorsun da, hepimiz istiyoruz zaman zaman, dürüst olalım.

Acı yıpratır ve yıprattıkça insan tarafını hatırlatır insana. Canın acıyorsa yaşıyorsun demektir.

Bırak acı çeksin o zaman, her gün biraz daha insan olacak çünkü insan...

Neşter

Bir yarasa çaresizliğiyle karışıyorum karanlığa, ışığına bakacak yüzüm yok. Bak, kan damlıyor kanatlarımdan, uçmak yasak gözlerime.

Temiz zamanlardı, baktığım her yere seni koyardım, seni nereye koysam oraya kanatlanırdı yüreğim, mesafe tanımazdı.

Kirlendik sevgilim, temiz kalamadık, ben ve kendim diyorum, kurtaramadık kendimizi hayat denen bu bataklıktan, kaybolduk içinde. Elimizi ihanete buladık, utanmadık hiç, çamaşır suyu bile beyazlatmayacaktı artık gülüşlerimizi, ütülü çarşaflar tatlı bir anı olarak kalacaktı.

Günbatımında başka sulara kanat çırpan aç martıların öfkesini duyuyorum şimdi içimde, kendimi parçalayıp akbabalara ziyafet çekesim var. Okul bahçesinde kendi kendine şut çeken çocuğun topu tel örgüleri geçip bir tokat gibi yüzümde patlasın istiyorum- sahi okul bahçelerinde tel örgüler içinde top oynuyor çocuklar, özgürlük anlayışımızdaki ironilere bayılıyorum. Bayıltılmak ve açık kalp ameliyatı olmak istiyorum sonra, içimdeki seni çıkarsınlar artık lütfen, gözyaşlarını silmek istiyorum. Deli kadının teki gelsin suratıma tükürsün herkesin içinde, o göbeğini tutmuş kahkahalarla gülerken ben kanlı ameliyat gömleğimin içinde kaybolayım, yerin dibine gireyim istiyorum.

Ben diyorum, ben ve kendim, temiz kalamadık. Bir çöp yığınıymışçasına yaksam şimdi bedenimi, biliyorum, rüzgar bile değmez ateşime, utancından savrulmaz küllerim...

Fatura

Anama avradıma sövüyordu karanlık sokak ve dilimde bir Nazım dizesi kadar ürkek ve cesurdu yokluğun... Lambaları yanıyordu, ışıl ışıldı sokak, külhani bir ıslık yankılanıyordu pencerelerde ve ölüm rengiydi duvarlar.

Bir geçit törenindeydim ben ve tüm alkolik kedileri, etobur köpekleri, altına etmiş sarhoşları, kibar fahişeleri ve efemine pezevenkleri sokağın, esas duruşta selamladılar seni, Nazım'ı ve yokluğunuzu...

Arada şarap parası isteyenler de olmadı değil. Lakin Yılmaz Güney'in de söylediği gibi, *biz de bilirdik sevgiliye karanfil almasını* ama şarap yoktu, bir güzel içmiştik karanfil parasıyla. Başka sokaklarda, başkalarıyla paylaşmıştık şarabımızı, her sokağa, her hayata yetemezdik, biliyorduk...

Zaten önceki akşam da elektrik parasını gömmüştüm şaraba; önceki, önceki ve daha öncekiler gibi...

Velhasıl bu saatten sonra döneceğini de sanmıyorum artık bana, dönme zaten, zaten ben de dönemiyorum bana. Evet, böylelikle gidişinin romantik bir tarafı da kalmamış oldu bak, yine yeniden tükettim ortağı olamadığım umutlarını ve yine yeniden, bu maceranın sonu işte...

Dost kalamaz mıyız peki gibi saçma soruları da bırak bir kenara, aklı başında bir kadınsın sen...

İyisi mi bir fincan yeşil çay yap sen kendine, bir karanfil kokla bahçende bir gece, petunyalarına su ver, kolay serpilir onlar. Uzamış yabani otlara ilişince gözün, beni hatırla sonra, canın yansın, aort damarım tıkansın.

Ya da boş ver, sen iyisi mi bir gece çık gel, biz geçmişi hatırlayıp ruhumuzu kanatalım beraber...

Şair

Şimdi vursam kendimi gecenin ayazına, sokaklarda tekinsiz bir hal, ayazdan öte üşüten insansızlığı sol yanımın, uzaklardan gelen bir el silah sesi ve sönen bir mumun duyulmayan öfkesi sarsa bedenimi, eritse...

Üşüyen bir şair ağzıma bir parmak dize çalsa, ceketimi omzumdan alıp kaçsa, bir başıma çırılçıplak kalsam gecenin ortasında ne olur?

Hangi ayaz titretebilir şimdi beni? Üşür müyüm sol yanıma mum basıp gitmişken gidenlerim?

Sen yine de çok güvenme derim gözlerine,
ne uçabildiğimi görebiliyorlar seninle
ne de eridiğimi teninde...

Yıkım

Derme çatma bir aşka verilmiş yıkım emrinin tek direnişçisiydim. Kaçınılmazdı, kaybettim...

Emri veren sendin, sana direnen ben. Bakma kullandığım sembollere, yıkıp gittin işte, talan ettin içimde ne varsa hissetmeye ve inanmaya dair. Direnemedim. Cesaretimi kırıyordu yokluğun ve ben gidişinle kaybettim, kaybetmeyi kabullendim.

Kendi varlığımı sorgular oldum senin yokluğunda, yüreğimle kaburgalarımın arasında bir yerde sıkıştım kaldım.

Ben ya yüreğimden geçmek zorundaydım ya da yokluğunda taşıyamadığım bedenimden. Belki de her ikisinden.

Sonra saçmaladığımı fark ettim.

Yıkık dökük, paramparça ve tavanı damlatan ne varsa hayatımda olduğu yerde bırakıp, içim acıyarak da olsa, daha güzel günlere doğru yol aldım.

Haber değeri yok biliyorum. Çok da farklı bir şey yapmadım.

Herkes gibi ben de bir kez daha kendimi kandırdım...

Gidenlerle kalamadık belki,
lakin gidenlerde kaldığımız her hallerinden
belliydi...

Umut

Umut ettim ve sonunda kendi hikayemden de sürgün yedim ben, attığım her adım kelimelere ihanet şimdi...

Ne çok umut ettik oysa, ne çok inanç biriktirdik geleceğe dair ve ne çok yanıldık. Başka türlü yaşanır mıydı, umut etmeden, inanmadan ve aldanmadan yaşanır mıydı, bilmiyorum. Yaşayanlar vardır elbet, ben onlardan olamadım. Hayaller kurmadan, kırılanlarını elimle okşayıp yerlerine yenilerini koymadan ve yeniden kırılmalarını izlemeden duramadım hiç. Kazandıklarımdan çoktu kaybettiklerim, sahip olduklarımın değerini iyi bildim bu yüzden.

Dedim ya, umut etmekten hep. Hep inanmaktan ve hep kaybetmekten. Sanırım bunu göze alabilmekten geçiyor içimdeki yaşanmışlık hissi.

Ve kaybetme duygusunu tanıyanlar biliyor aslında umuda değer vermeyi...

Bir bıçak gibi deliyor geceyi gözlerin,
yıldırım gibi düşüyorsun geceye.
Günaydın yüreğimin orta yeri,
en temiz yanım günaydın...

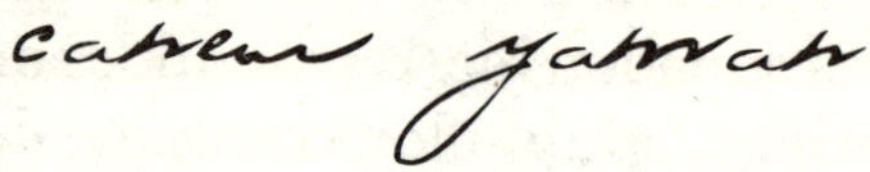

Gidenle Giden Olma...

Ben senden gidemezdim, kabullenir gülüşünün yokluğuna karışırdım tereddütsüz. Yokluğundan değil kendimden korkarım kazayla içimden çıkarır atarım diye.

İyi tanırsın beni, en iyi sen tanırsın. Orada kalırım ben, nerede bıraktıysan orada kalırım, bulursun dilediğin zaman.

En iyi sen tanırsın beni, en kolay da sen gittin benden. Biliyordun. Gidenle giden olmam ben, kalakalırım olduğum yerde. Hiçliğe de karışsam, beni ben yapan her şeyden soyunsam, bir başıma savunmasız, çırılçıplak da kalsam orada kalırım ben, tereddüt bile edemem.

En kolay da sen gittin benden. Çünkü en çok sevendir hep en kolay vazgeçilen, değişmez.

Bunu bildiği halde sevmekten vazgeçmeyenlerdir asıl değerli olması gerekenler, ama hiç bilinmezler....

Sevgi duvarını aşmıştı Can Baba,
ben öfke duvarını aştım. Sevgiye dair ne varsa
içimde buruşturup yine içime attım...

Yedigöller'de Hiç Fotoğraf Çekmedim

Belki sonbaharda gelirsin kim bilir? Kış çok griydi, yaz çok kırmızı, sen sarıyı seversin bilirim, ne çok soğuk ne çok sıcak... Evet evet, sonbaharı bekliyorsun sen, güneş vururken tenine inceden bir esinti de hissetmelisin, sararıp düşen ilk yaprağa dokunurken. Hissetmeden edemezsin sen.

Sararıp düşenlere dokunmak akıl karı iş değil, cesaret ister bir kere, yaklaşabilmek, göze alabilmek. Düşün kaç kere yaklaşabildin ölüm döşeğinde bir hastaya, bir dilencinin gözlerine kaç sefer bakabildin? Her yiğidin harcı da değil ya işte, sen de ait değilsin zaten bu dünyaya. Ne halin varsa gör. Hatta, çık gel de gününü gör, demek istesem de gelmesen daha mı iyi olurdu diye düşünmeden de edemiyorum işte. Gelmesen daha mutlu olduğunu bilirdim en azından, her ne demekse mutluluk? Mutluluk ne demekmiş biliyormuş gibi yapardım yine de.

Bu konuda çok net olmasam da gelmeni istemiyor değilim, bilakis -arkadaş bu da ne tuhaf kelime, neyse- yaprak kımıldasa gözlerim çakılıyor baktığı yere, kulağım bir acayip, zaten durmuyor yerinde. Sarartıyor diyorum burası her şeyi, yere düşürüyor sonra.

Sen geleceksin diye daha bir aşka geliyor karabasanlar, ne uyanabiliyor ne de el uzatabiliyoruz düşene...

Ya o değil de, hiç gelmesen mi sen? Her şey yerinde mi kalsa?

Mantar Sote

Bir sabahçı kahvesi kadar yalnız ve kuytu köşelerdeyim şimdi. İçimde çorabı kaçmış bir fahişe öfkesi ve yokluğun ölesiye küfredilesi. Uyurgezer garson soğuk getiriyor çayımı, uyurken koymuş olacak, verirken "Ağabey dikkat et kaynardır" diyor, gözleri kapalı fakat İstanbul'u dinler bir hali yok, aslında kimseyi dinler bir hali yok. Kimsenin de kimseyi dinlediği yok zaten artık, nemli dedikodular, ikiyüzlü entrikalar hariç.

Soğuk çay mı sıcak tutuyor özlemlerimi? Yoksa özlemler sıcak olduğundan mı soğuk çay? Peki kaç şeker tatlandırabilir bir hayatı? Ne kadar karıştırmak gerekir erisin, yok olsun diye düşler?

Boşluğa küfrediyor garson, git gide şiddetli bir hal alıyor öfkesi, ne bana ne de çorabı kaçık fahişeye benziyor, mosmor kesiliyor suratı, ağzından salyalar akıyor. Avuç içiyle tezgâhın üstündeki bir bardağı sinek öldürür gibi bir hareketle ezdiği anda mideme bir ağrı saplanıyor, kanı temizlemek için çaydanlıktaki kaynar suya sokuyor elini, "Hayallerimi çaldınız ulan" diye bağırıyor sadece, yorulmadan bağırıyor ve hala uyuyor... Ne ki uyumak? Uyanıkken mi yaşıyoruz gerçekten? Ya tam tersiyse?

Kırmızı pelerinli ve fötr şapkalı iki itfaiye memuru geliyor sonra ve götürüyorlar garsonu iki koluna girip. "Ağabey çayını taze vereyim mi?" gibisinden bir şeyler mırıldanıyor garson, itfaiyeciler ağzını mühürlüyorlar kaçak kelime kullanımından.

Bu tuhaf dünyanın her yerindeydin sen. Mantar sote kadar gereksizdin bana kalırsa.

Bu yüzden sevgilim, yokluğuna değil çokluğuna sövdüm ben aslında...

Siyah Balon

Ne ayak seslerimizin ne de yaprak çıtırtılarının duyulduğu o yalnız sokakta, sapsarı yapraklarla bezeli ıslak parke yolda; yağmur çiselemekteyken hala ve sırtımız dönük olduğu için göremediğimiz bir gökkuşağı dolanmış belimize gülümsemekteyken...

Birden durup siyah ve hiç şişirilmemiş bir balon uzattı bana. Tuhafıma gitti, anlam veremedim. Arayınca kolay da bulunmaz ki siyah bir balon, neden kolay bulunsun ki hem? Kim, neden ister karanlık bir şeyi ve kim satmaya kalkar karanlık bir rengi?

Satılabiliyor demek ki...

"Bir balon vermek istedim sana, çocukça bir şey işte. O saflıkta seviyorum ben seni, çocuk gibi şımarıp yanında, eline saçma sapan bir balon tutuşturacak kadar seviyorum. Şişir o balonu lütfen, sönecek nasılsa..."

Avucumdaydı balon, boş boş bakıyordum avucumdaki küçük karanlığa.

"Siyah bir balon vermek istedim sana, zor oldu ama buldum. Karanlığı satabileceğini düşünenler de var demek hala. Karanlık olsun, karanlıkları hatırlatsın ve sen onu kendi nefesinle büyüt istedim.

Sönecek nasılsa biliyorum, bu yüzden siyah olsun istedim."

Hipnotize edilmiş bir halde, nedenini sorgulamadan şişirmeye başladım balonu.

"Hayatından renkli bir şey sönüp gitsin istemedim ben. Kendi kendine yarattığın karanlığın kendi gözlerinin önünde sönmesini ve sönebileceğini de gör istedim sadece..."

Karanlığı çağrıştıran bir balonla da umuttan bahsedebiliyormuş insan. Söyleyecek fazla bir şey bulamadım.

Şişirdim balonu.

Tek nefeste patlattım sonra...

MİRA

I

Üstüne benzin döküp bir kibrit çakmak gerek şimdi bu bedene, tepeden tırnağa yakmak, küle çevirmek gerek onu. Ne var ki, ruhum da yanar, küle döner mi emin değilim... Sanmıyorum, tenine değen hiçbir esintide ürpermezdi o zaman insan, uzakları en derininde hissedemezdi...

Uzaklar, oradakileri içinde hissedemediğinde uzaktır Mira, oralara gidemediğinde değil. Gittiğin her yerde yüreğimin içinde dolaşıyorsun sen, bense çoktan ruhuna karışmışım, bulurum seni. Bir hayalet gibi çökerim belki şehrinin üzerine, bir kara bulut olup yollarına yağarım, ayağına dolaşırım Mira. Gideceğin her şehrin istasyonu, bineceğin her trenin dönüş bileti olurum. Gölgesinde serinlediğin ağaçların yapraklarında eserim belki, ayağına vuran dalga, okşadığın tenlerde ter olurum. Sevmediğin yüzlerdeki sinsi gülümseme olurum, dünya dar gelir sana, dayanamazsın, kaçarsın. Kaçarcasına bindiğin otobüslerin camlarına yapışırım ansızın, aşağıya süzülsem tekrar yukarıda görürsün beni; ruhları yakamazsın Mira, yağmur bile olur ruhlar...

Yani gitmekle gidilmiyor aslında Mira, hepimiz biliyoruz da, gidiyoruz işte gidilebiliyor sanarak. Bedeni yaksan da ruh asılı kalıyor havada, sonsuzluğa karışıyor, başı ve sonu olmuyor artık.

Görüyorsun işte, en derinindekilerden kurtulamıyor insan. O yüzden gidebildiğini sanma sen, hem verdiğin hem de aldığın nefesteyim ben...

II

Uzakları düşünüyorum, en yakınımdakileri alıp götüren, geri vermeyen uzakları. Biraz duygusal bir yazı olduğunu düşünebilirsin Mira, lakin öfkeli bir yazı bu aslında. Senin olanları senden çalanlara karşı içinde besleyebileceğin tek duygu öfkedir Mira. Benim duygusallığım tek öfkeden ibarettir bu yüzden, katıksız, karmaşasız, iç kanırtan bir öfke uzaklara...

Biz insanlar ne kadar benziyoruz birbirimize, herkes uzakları besliyor içinde. Kimi öfkeyle, kimi sevinçle, umutla kimi, kimi beklentilerle... Ben uzaklarımı öfkeyle besliyorum Mira, asla unutmamak için benden çaldıklarını, yüreğim bir heybe, heybemin içinde kızılca kıyamet bir öfkeyle adımlıyorum bu hayatı.

Şimdi orada, o çok uzaklarda bir dal titriyor, benim olan ne varsa üşüyor, engel olamıyorum, uyuyakalanlarımın üzerine bir battaniye bile örtemiyorum Mira. Bazen çok boş geliyorum bana, vakıf olamıyorum kendi sırlarıma. Burada güneş yakarken tenimi, soğuktan içim titriyor, buza kesiyor ayak parmaklarım, düşemiyorum yollara. Derinlerimde bir yerde gelecekten bir ses yankılanıyor, durmadan haykırıyor, "Gidenler gelmeyecek, gidenler gelmeyecek, gidenler gelmeyecek..."

Ve sen bana, öfkelenme diyorsun, nasıl öfkelenmem Mira! Uzakların bu kibrine, istediğini yapar bu haline içten içe nasıl birikmem, nasıl taşmam kendimden, söyle, nasıl söndürürüm gözlerimden çıkan ateşi? Ağlayarak mı diyorsun? Ağlamak aşındırmaz mı gözleri? Kavuşunca nasıl görürüm özlediklerimi? Kavuşulmaz mı diyorsun Mira? Sen de mi "Gidenler gelmeyecek, artık asla olmayacaklar" diyorsun? Yapma, yüreğimi dağlasam ciğerim soğumaz Mira. "Kavuşmalar güzeldir öfkelerden, heybesinde sevinçlere dönecek özlemler biriktirmeli insan. Çocukluğunu hatırla, bir otogarda en sevdiklerinle birlikte en sevdiklerini beklediğin, dakikaları saydığın zamanları hatırla. Haydi gel şimdi öfkeni gömelim uzaklara" desen ya, bir yudum su vursan ya gözlerime, göğsüne yatırsan ya başımı, içim ferahlasa...

Dönmezler mi diyorsun inatla? Peki Mira, öfkem en azından unutturmaz gidenlerimi, elbet bir gün kavuştuğumda nedenini sorar, öfkemi bir bıçak gibi savururum uzaklara, öfkem kendi hesabını sorar nasılsa...

III

Hiç zafer kazanmak istemedim ben sana karşı Mira, ne gözlerim ne de sözlerim bir silah gibi doğruldu üzerine. Parmaklarım soğuk tetiğe dokunur gibi dokunmadı sana, sen neredeysen orası yurt oldu bana. Bütün kaybedişlerimin sebebini daha iyi anlıyorum şimdi. Kaybolmuş gülüşlerin, yitirilmiş masumiyetlerin, peşine düştüğün yeni serüvenlerin sebebini daha iyi anlıyorum, bir de sokak lambalarının gece neden sönmediğini...

Kazanmak ve kaybetmek kelimelerini senle hiç yan yana getiremedim ben, anlamlarını unuttum, belleğimden sildim ama gittiğin an hatırladım işte. Bir savaştan ibaretken hayat, savaşmayı reddederek kazanamıyormuş insan, ömür dediğin baltaları gömmekle değil bileylemekle geçmeliymiş. Geç de olsa gözünü açıyorsun bu gerçeğe, açtırıyorlar Mira.

Çünkü kaybedince anlıyor insan kaybedilenin gerçek ederini, bu klişeyi dile getirmeyi de pek sevmem ama, maalesef böyle. Sanırım senle kıyasıya savaşmalı, sana karşı zaferler kazanmalıydım ben. Kayıplar yaşamalıydın, bana dair bir şeyleri kaybetmeliydin, belki o zaman savaşacak başkalarına ihtiyaç duymazdın. Aşk biraz da savaşmak isteği, savaşmak ve yeni topraklar fethetmek gereksinimi sevdiğinin içinde ya da onun seni fethetmesi en ücra köşelerine kadar yüreğinin... Oraya daha fazla sen koymak, onun içini senle kaplamak için onunla bile savaşman gerekiyor, savaşlar seni ne kadar ürkütse de...

Küçük zaferler getiriyor belki de sonsuz aidiyetleri Mira. Zafer elde edemediğin zaman senle dolmuyor onun içi ve başka gülüşler değiyor artık yüzüne. Sen cümleni bitirip paragraf başı yapmaya hazırlanırken, o senin hikayene çoktan nokta koymuş, başkalarının hikayesinin ilk cümlesi oluyor.

Gitsen de bilirsin, seni en iyi ben yazarım Mira. Güzel başlayan bir hikayede cümlelerin arasında devrildiğin zaman gel bana; için cümlelerimle dolar, kelimelerimle ulaştırırım seni sonsuza...

İnsan ölürken de kazanabilir Mira...

IV

En yakınındakiler en uzaklarına ittiler mi hiç seni? İçinde biraz öfkeyle, yutkunarak biraz da, baktın mı hiç arkalarından? Yanlarında olmak isterken ölesiye nefret ettin mi hiç onlardan? Onlarsız yapamayacağını bildiğin halde, arkalarından su dökmediğin oldu mu hiç?

Benim oldu.

Yalnızlık bir illet gibidir Mira, amansız bir hastalık, çaresi yok bir dert. Kalabalık içinde en mutlu anında yanında beliren sinsi bir düşmandır yalnızlık. Zaman zaman çağırır seni. Çok kırılgan noktalar vardır insanın kalbinde ve de kırılgan bağları en sevdikleriyle bile. Yalnızlık tam da o kırılgan bağların kırıldığı yerden beslenir. O anlarda itersin bir kenara en yakınındakileri, bir çırpıda uzaklaştırırsın kendinden, bir çırpıda uzaklaştırırlar kendilerinden ve sen girersin düşmanın koynuna. Yalnızlık koynunda uyuturken seni, arkalarını dönmüş senden uzaklara gidenleri görürsün hep düşünde. Nasıl bir özlemdir o, nasıl can yakar ve nasıl öfkeyle dolarsın giden sen olduğun halde, senden gittiler diye. İnsan bencildir Mira, gitse bile, gidilsin istemez kendinden...

Artık bütün gülüşleri gidenlerin, sensizdir Mira. Bütün sevinçlerini, bütün hüzünlerini sensiz yaşarlar ve nedense hep sen gidince daha da kalabalıklaşırlar, daha ağız dolusu gülerler ve daha içten ağlarlar. Hüznüne ortak olacak birilerine sahip olmamak ne demektir bilir misin Mira? Sen yoksun, aslında hiç olmamışsın demektir. Sevinçleri paylaşamamaksa en beteri, ağzı kulaklarında yüzler içinde ifadesiz bir yüzle yaşamak sebebidir. Varoluşun tasviri çok yapılmıştır, var olmayışın tasviri belki de ifadesiz bir yüzdür Mira.

Düşsem de kalabalıklardan uzağa, sen benim yüzümdeki en masum ifade, ortak olunacak sevinçlere, hüzünlere olan inancımsın Mira. Çek al beni yalnızlığın koynundan, karışalım kalabalıklara, karşısına dikileceğimiz çok hüzün, esirgemeden paylaşacak çok sevincimiz var daha.

V

Toplu iğne ucu kadar ışıklar uğruna uçsuz bucaksız tünellere giriyoruz Mira ve ne kadar ilerlesek de varamıyoruz o ışığa.

Daha da karanlıklara batıyoruz her defasında, ışıkların bir aldatmacadan ibaret olduğunu fark etmekten yoruluyoruz artık. Yoruluyoruz ama yine de vazgeçemiyoruz işte. Yanılmaya bayılıyoruz dediğini duyar gibiyim, haklısın da.

Ama toplu iğne ucu kadar da olsa, aydınlığın peşinden koşmaya değmez mi Mira?

Hep bir aldanma, hep bir yanılma halinde değil miyiz zaten? Hangimiz istediğimiz hayatları yaşayabiliyor merak ediyorum. Hep içimizde kalanların, isteyip de yapamadıklarımızın eseri değil miyiz?

Her defasında yürüyen merdivende terse yürümek isteyip, bunu ömürde bir kez de olsa yapmak isteyip yapamamakla geçmiyor mu ömrümüz?

En sevdiklerimize söyleyemediğimiz seniseviyorumların ya da haksızlıkların yüzüne haykıramadığımız haksızsınızların düğümlediği bir boğazla yaşamıyor muyuz son nefese kadar?

Sırf nefes alıyoruz diye yaşadığımızı sandığımız bir aldanmacadan, kendi kendimizi aldatmacadan ibaret değil mi zaten her anımız?

Sadece nefes almak yeter mi yaşıyorum demeye Mira?

Yetmez bence.

Çok karamsar buluyorsun beni biliyorum. O toplu iğne ucu kadar ışığa doğru yürüdüğümü farz et o zaman.

O ışık yüzüme vurabilsin diye yazıyorum ben aslında, yazdıkça ilerliyorum sanki karanlığımın en rutubetli dehlizlerinde, ağır ağır. Göremesem de hissediyorum o ışığı, her kelimede bir adım daha yaklaşıyorum sanki.

Sen belki de o dehlizin sonundaki ışıksın Mira, belki bir gün ulaşırım sana, kim bilir?

VI

Senle tanışalı çok olmadı Mira, ben çok iyi tanıyorum seni.

Bütün terk edenlerin, bütün yalnızlıkların, kendimle girdiğim bütün savaşların, bütün hesaplaşmaların bir araya gelmiş halisin sen. Yüreğimden ona giden en hesaplanamaz mesafe, iç acılarımın en yanlış, toplamısın.

Bu yüzden sesleniyorum sana, doğru bir yanımız kalmadı diye.

Kalsaydı keşke, kalabilseydi.

Kim istemez yıkılmış, darmadağın olmuş bir hayatı 'doğru'ltmayı? Kim istemez yollar çatallaşmadan, 'doğru'dan ulaşabilmeyi ona?

Senle tanışalı çok olmadı Mira, bu yıkımlar çok yeni daha.

Ama ben çok iyi tanıyorum seni. Bütün bu yıkımdan, bütün bu duygu talanından ve açmazlarından, çıkmazlarından bu hayatın, arta kalansın sen. İçimde oluşan en büyük boşluk, gidenin yankısı, o yokluğun kanıtısın, ben bu yüzden sesleniyorum sana.

İnsan boşluğa haykırır içi dolmadığında... Duyulmasa da bir eylemdir boşluğa haykırmak, yaşama hissi verir için öldürdüklerinle dolu olsa da. Haykırmak güzeldir Mira.

Ben seni çok iyi tanıyorum, emin ol, acının tarihi çok yeni değil içimdeki topraklarda.

Bütün bir insanlık tarihi acı üstüne kurulu aslında, biz hepimiz çok iyi tanıyoruz seni Mira, hepimizin irili ufaklı acısı var bu tarih yazınında.

Zaman çok tuhaf bir olgu Mira. Zamanla yabancılaşabiliyor insan acılarına, duymayabiliyor onları. En derininden çıkıp yeryüzünün en ücra köşelerinde bir yere sığınıyor sanki o acılar, o ücra köşelerde biriktiriliyor, ihtiyacı olanlara dağıtılıyorlar belki de. Senden çıkıp bütün insanlığa mal oluyorlar.

Neden olmasın?

Başka türlü nasıl bu kadar iyi tanırdık bir başkasının acısını?

Ama yine de en derininden söküp atamadığı, insanlığa mal etmekten bile kıskandığı çok derin bir acısı oluyor insanın mutlaka. Kendine saklıyor onu, paylaşamıyor. Özenle besliyor her gün, büyütüyor, öldürmüyor hiç...

Ve son noktasına ulaştığında artık acı, bir daha asla olamayacaklara alaycı bir şekilde gülmeye başlıyor insan, melankoli tam da orada başlıyor.

Melankoli, tarih sahnesinden, o ortak, o herkesin herkes gibi olduğu sahneden affını istediğin an başlıyor.

İnsan kendi tarihini o an yazmaya başlıyor...

Ve ben sana asla yalan söylemedim.
Yürekteki kir, dildeki zehirdir yalan,
o sana değebilmemelidir.
Ne acımasız bir haksızlık olur
ismini bir yalanın içinden geçirmek senin.
İsmin senin,
cam gibi ırmaklarda şaşkın bir balık misali
nedensiz süzülmelidir.

Sonrası Yok

Gidiyorsun madem...

İyi çiğne bu aşkı, boğazında kalmasın, yüreğine oturmasın...

Kalem çekmeyi unutma gözlerine, bakışların yüzüme işlesin iyice. Sen titrek ellerle dövme yapar gibi işle tenime öncesi hiç, sonrası yok olanı. Tenimden çıkamasın yokluğun...

Sanki hiç olmamıştı.
San ki şimdi başladı.
Ve perde!
Diye haykıracak oluyorum ama yok, o da hiç açılmadı.
Gidiyorsun madem...
Kalem çek gözlerine perdeyi çekip gitmeden.

Belki bir soran olur şakaklarımdaki bıçak yarasını, 'kötü yazılmış bir hikaye' derim, zaten sonrası da yok...

Kaç vagona sığar unuttuklarımız,
söylesene,
kaç peron sürer bizim yalnızlığımız?

Tortu

Olmadı, yapamadık. Yaşatamadık o asil duyguları, ne oldurabildik ne de öldürebildik içimizde. Bir demirin ucu kan kızılı dokunup durdu hep içimizde bir yerlere, dile gelmemiş kelimelerimiz kanadı, kabuk bağlamadı.

Ne çok koştuk sıcak bir gülüşün peşinde, ne çok yorulduk. Ellerimiz değil düşlerimiz yoruldu yaralarımızı okşarken, tentürdiyot sürecek kimse bulamadık. Herkes yorgundu.

Herkesin gözünde biraz hırs, biraz öfke...
Görülmemiş hesapların sinsi tortusu ve açık kalmış yaralar...

Ve ne kadar kolay yoruluyordu yaralarıyla yaşayanlar...

Yorgunduk biz de, yara bere içindeydi en güzel duygularımız, yetemezdik.
Yetemedik seninle.
Kendimizi bile sevmediğimizden hep...

Yanı başındaki tuzakları fark edince,
meçhul uzakları özlüyor insan...

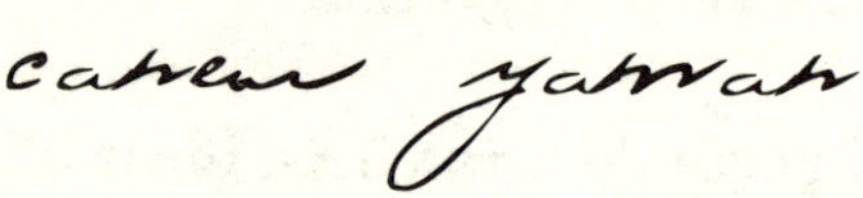

Noter

Biri çıkıp okkalı bir tokat atsın yüzüme sırf seni sevdim diye. Ayıp mı ulan sevmek diye bağırmaya bile fırsat bulamadan bir tane daha yapıştırsın, yüzüstü yere kapaklanayım. Acıdan değil sefil bir utançtan kızarsın yüzüm.

Dilim yokmuşçasına varamasın söylemeye sustuklarımı, gözlerimde çırpınsın yutkunduklarım.

Artık kimse göremesin beni, kimse duyamasın söyleyemediklerimi. Noter tasdikli özlemlerim tebliğ edilemesin en kolay adreslere.

Şöyle bir kenara çekilsin herkes.

Dostluk dediğin oturduğun yerde çetelesini tutmak değildir çünkü gördüklerinin, tokat da atabilmektir dost yüzlere...

Öyle...

Çok da önemsemiyorum bu dünyayı.
Gözlerinde daha güzeli vardı,
düşlerimde en güzeli...

Nota

Keşfedilmemiş bir notasın sen ve her beste güzel, her beste eksik sensiz...

Eksikliği bile güzeldir olmayanın, yokluğundan yayılan keder tebessüm sebebidir çoğu zaman.

Yoksun ama çok güzelsin beynimde.

Kadife bir koltuğa oturtmak seni zihnimde, bir dilim limon kesmek mesela, bir bardak çay koymak yanına ve en sevdiğin kitabın sayfalarını çevirişini izlemek... En çok senin parmaklarına yakışır kitap sayfaları, bunu hiç bilemedin sen.

Yalnızım, aralık pencereden içeri sızan rüzgarın saçlarını okşayışını, çayının dumanını izliyorum ve kulaklarımda seni çağıran bir ıslık... Seni çağırdığı için güzel, sensizken eksik bir ıslık.

Güzeldir.

Seni hayal etmek kendimi aldatmanın en güzel şeklidir.

Ha bir de unutmadan, piyanoya da çok uygun senin parmakların... Sen keşfetmeye değer tek notasın...

Tuhaf bir yaratık var içimde, sen diyorlar.
Bağırıyorum olmuyor,
susuyorum ölmüyor.
Varlıkla yokluk arasında debeleniyor.
Üzülüyorum...

8 Mars Bir Düz Reşit Değildir Henüz

Cehaletin eline teslim etsinler, kaderine terk etsinler seni. Taciz etsinler, şiddet uygulasınlar, kanını döksünler, gözyaşını döksünler, onurunu çiğnesinler, namus desinler, töre desinler, çocuk yaşta evlendirsinler, tarlaya sürsünler, ben patronum desinler, iliğine kadar sömürsünler, ölüm desinler, cinayetlerle anılsın adları, sen maktulsün desinler, annesin desinler, dükkanlarını süslesinler fotoğraflarınla, seni kutlasınlar, kendileriyle övünsünler, timsah bile gözyaşı dökerken onlar bıyık altından gülsünler, en zayıf halkası sen ol kriz dönemlerinin, işten atsınlar, sonra gelip emekçisin desinler, omzuna pat pat vursunlar, hadi sokağa çık kutla desinler, pışpışlasınlar, allasınlar pullasınlar seni, sahnelere çıkarsınlar, dergilere bassınlar, bıyıklarıyla oynasınlar, satın alsınlar bedenini, satın alsınlar ruhunu, aç ruhlarına meze yapsınlar, sonra biz görelim, o kirliliği apaçık görelim. Seni görelim, kendimizi görelim, göz göre göre susalım hep. Aslında çiğnenen hepimizin onuruyken biz ortak olalım paçalarımızdan akan bu pisliğe, sakın ses çıkarmayalım, çıkarırsak keserler nitekim ama kutlayalım bugün yine de.

Vicdan boyası dediğin üçyüzatmışdörtgün gider, anne gel bugün bana badana yapalım...

8 Mart 2011

Ruj

Sen denen şehri terk ettim ben, bir daha dönmeyesiye, arkama bile bakmayasıya terk ettim. Sokaklarını, yüzlerini, ana, tali, bilumum yollarını unuttum. Atardamarımı kestim ve giderayak kalbinin ortasına bir el sıktım.

Sen şehrinin bütün ışıkları sönerken ben geceyi

kırmızıya boyadım...

Onsuz eksik, onunla tamamız
sanıyoruz ya,
değiliz.
Onsuz ya da onunla,
her sevda kendi içine açtığın bir yara.
Biz hepimiz
delik deşiğiz aslında...

Kürek

Her şeyin sonunda farkına varıyorsun ki aslında gelenler, gidenler, iyiyi, kötüyü gözünün önüne serenler, türlü duyguları sana yaşatanlar, gördüğün, duyduğun, bildiğin, bilmediğin herkes, tüm yaşattıklarıyla beraber en az bir kürek vurup içine, dışına en az bir kürek toprak atıyor.

Anlamak zaman alıyor.

Sıcağıyla anlamıyor galiba insan ya da hayatının uzunca bir dönemini gözü kapalı geçiriyor.

Herhangisiyse işte.

Sonra bakıyorsun içinde neredeyse hiç toprak kalmamış. Kürek darbelerinin sıcağı geçmiş ya da gözlerini açmışsın artık içine. Ve bir kürek toprak kalmış sadece en derinde. Bir kürek toprak da sana kalmış, sana bırakmışlar.

O küreği vur içine. İçinden fışkıran sana inanamayacaksın sen bile...

O gürültülü sessizliğin ardında sakladığı dilsiz
çığlıkları sor geceye...
Cevap vermezse ayışığı sapla kalbine...

Eylül

Ne koyu bir hüzünsün sen Eylül, yağmur bile inceltemiyor demini...

Sabah ezanı duyulurken çok uzaklarda ve uykudan şişmiş suratlarıyla yaprakları süpürürken çöpçüler, unutulmuş bir şehrin arka sokaklarına kadar çökmüş kederli bir sis gibi çöküyorsun üzerime.

Aşık değilim ben, sen yüz çevir benden.

Ve senden payıma düşen keder okulların ilk günlerine olan özlemden.

Zehir gibi bir tat bırakıyorsun ağzımda ve ne yazık ki kayıp lise ceketlerinde gizli artık akide şekerleri... Ne çözecek test sorusu kaldı artık ne de sonucu beklenecek sınav ve lakin yanlış yapmasak da götürülüyor doğrularımız, hep açıkta kalıyor, bir yere yerleşemiyor umutlarımız...

Bir kez olsun yapışma yakama işte, git başkalarının koluna gir. Onların yüzüne es, onları oyala sahte kırmızı gün batımlarınla.

İyi bir terzi de değilsin sen, içindekiler yakışmıyor bana, ben yakışamıyorum sana... Her aşka bir boy büyük geliyorsun ve ayrılıklar da kısaltamıyor paça boylarını...

Sarartıp yerlerde sürüklediğin canım yapraklar, paramparça ettiğin o güzelim aşklar hatırına, bu sefer gelme Eylül, ağaçları ve bizi çırılçıplak bırakma...

Kalp

Sol yanımda bir yaramaz
Dur derim durmaz
Ele avuca sığmaz
Tutar kolumdan önüne katar
Soba ve kestane kokan bir evi hatırlatır
Unutturmaz.
Halbuki unutmamıştım ben
Hiç unutmam sanmıştım
Ve lakin
Büyümek unutmakmış.
Anladım...

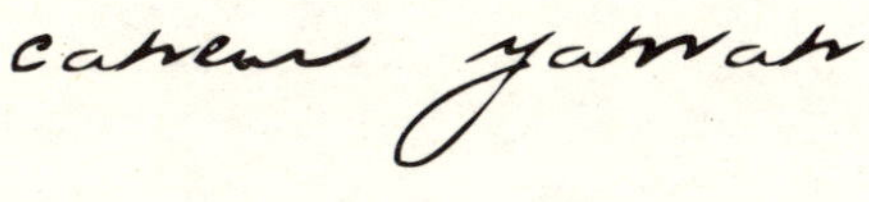

BİR AYRILIK DÖRT KİŞİ

Sucuklu Yumurta

Ayrılık kapıdaydı. Hani bittiğini bilirsin ama bitmemiştir ya, o türden bir durum. İlişkiler de resmiyete dönüyor sanki zamanla. Açıkça dile getirmeden, bitti demeden bitmiyor bitmiş olsa da. İlişkilerin boşanma ritüeli 'bitti' kelimesini dile getirmek sanırım, anlaşmalı boşanma, the end. Anlaşmasız olanda da bağırıp çağırmak, kavga etmek, biraz çirkinleşmek gerekiyor sayın hakim. O zaman da anlaşmasız olarak boşanmış oluyoruz galiba ilişkilerden. Ne bileyim?

Ne gerek var ki? İki taraf da gayet iyi bilir artık bittiğini. Günler, belki de aylardır birlikte bir şey yapılmamıştır; film izlenmemiş, yemek yapılmamış, sarhoş olana kadar içilmemiş, onun kollarında sızılmamış, birlikte uyunmamış, birlikte uyanılmamış, sabahın köründe balon gibi şişmiş gözlere sevgiyle bakılmamış, göz göze gelinmemiş, birlikte gülünmemiş, birlikte öfkelenilmemiş, birlikte ağlanmamıştır. Onun elinden yenilen pazar sucuklu yumurtasına hiç girmiyorum bile.

Bir adım öteye gidelim, başka kollarda uyunmuş bile olabilir. Başka gözlere bakılmış, o gözlere gülünmüş de olabilir. Başkalarına kahvaltı hazırlanmış, o başkaları kahvaltının yüzüne bile bakmadan çıkıp gitmiştir belki. Ben yaşattım başkalarına, senden başkasıyla seviştim belki ama senden başkasının hazırladığı kahvaltı sofrasına oturmadım hiç. İnsan sevmediği bir tenle sevişebilir, çoğu gece kaçmayı başarsa da istemediği bir yatakta uyuyabilir, yanıbaşında sevmediği bir teni bulabilir uyandığında ama sadece tek gecelik bir ilişki yaşadığı, içinde herhangi bir duygu beslemediği ellerden çıkma kahvaltılara tahammül edemez. O sabahlar hep 'iştahım yok'tur, hep yetişilmesi gereken mühim bir durum vardır. Kahvaltıları çekilir kılan, hazırlayan ellere duyulan aşktır.

Bitmiştir işte, ara sıra kırmızıya da çalsa, için uçsuz bucaksız bir gridir artık. Renkli dünyaların ortasında rengarenk kahvaltı sofralarına acıkırsın ama sana kalan renkler simit dünyalarının çayı ve simiti kadardır. Ters şerittesindir artık, ışıktan göremezsin hiçbir yeri, ne tuhaf değil mi, dünyanı aydınlatan ışık, engelleyebilir de görmeni, kaçacak yer bulamazsın.

Bitmiş bir ilişkinin ardına eklenen samimiyetsiz ilişkilerin aslında bir aldatmaca olduğunu, kişinin ne kadar istese de içindeki gerçekten kaçamayacağını falan anlatmayacağım burada, dürüst olalım. Bitmiş her ilişki aslında istemeden bitmiştir. Bir yerlerinde bir kaza olmuştur, bir kaç yara alınmıştır ve bu yara yuvarlanan bir kar tanesi misali çığa dönüşmüştür. Birlikte olmak için hiçbir sebep yoktur artık, birlikte de olunmaz zaten son noktada ama o ana kadarki yaşanmışlıkları da koyacak yer bulamaz insan. İlkel tarafından kopamaz, her şeye rağmen, anlamsız bir şekilde seven o tarafını kolay kolay koparıp atamaz. Aşık olduğun gözlerin yerine onlarca göz koyarsın, bir tane, bir tane, bir tane daha. En sonunda unuttuğunu sanırsın, hatta unutursun da. Lakin en büyük yarayı artık hiçbir şey hissedemediğini fark ettiğinde alırsın. Artık sadece sokaklar ve duvarlardan ibarettir hayatın ve duvarlar "Bel Fıtığı sıfır beş yüz bilmem ne" diye seslenir sana, fıtık olmuş duyguların sığınacak bir telefon numarası olmasa da.

Yaklaşık bir aydır başkasının yatağında uyanıyordum ve açıkçası ne yaptığım hakkında en ufak fikrim yoktu. Neydi yani? Neyi arıyordum, neden başka bir kadının evine gidiyordum? Gidecek yerlerimin olabileceğini mi ispatlamaya çalışıyordum? Tek bir kadına aşıkken birçok kadını baştan çıkarabileceğimi mi ispatlamaya çalışıyordum? Kime ispatlamaya çalışıyordum? Başka kollarda, başka tenlerde güzel vakit geçiriyordum evet, yalan da olsa, kısa da sürse kendimi unutuyordum, ama biliyordum, en derinimde bir yer sızlıyordu her an, bir yerimde bir eksiklik vardı, dolduramıyordum, inkar bastıramıyordu sızıyı. Sızı intikam duygusunu harekete geçiriyordu belki de, sağlıklı bir durum değildi. Kahvaltı etmeyi özlüyordum, özledikçe daha da kaçıyordum o duygudan.

Yine o eve girmek üzereydim, kafam nasıl güzeldi, az sonra zile basacak, başka bir gülümsemeyle karşılanacak ve ustaca bıçak darbeleriyle yine başka bir tende öldürmeye çalışacaktım en sevdiğim teni. Güzel ama sevmediğiniz kadınlarla sevişmek derin bıçak darbeleri almaktır. Hem sizi hem de sevdiğiniz kadını kanatırlar. Sabah uyandığımda, kanımla boyanmış çarşafta kendi tenime ettiğim ihanetle yüzleşecektim, biliyordum, midem kaldırmayacaktı yüzümü, kahvaltı etmeden atacaktım kendimi sokağa.

Telefonum çaldı. O arıyordu. Zaten karanlıktı ortalık, daha da karanlık çöktü üzerime. O çok sevdiğim ses yine abuk sabuk bir tonda konuşacak, yine canımı sıkacak, s*ktir çekmenin eşiğine getirecekti beni. Açmamak da mümkündü pekala, açmamak ve sabaha kadar uyuyamamak. Ne diyeceğini merak edip çatlamak, acaba herşey düzelir miydi bu telefon konuşmasında, niye açmadım ki, bok mu vardı da açmadım, daha kötü ne olabilir ki sanki diye kendime sataşmak da mümkündü. Açtım. Yüreğim ağzımdaydı, heyecanlıydım ve sanırım o çok sevdiğim sesten korkuyordum. Kırmaktan ve kırılmaktan yorulmuştum, incinmekten ve incitmekten korkuyordum artık, bu yüzden kalp atışlarım düzensizleşiyordu onu duyduğumda.

"Konuşmamız lazım"
"Ne konuşacaz?"
"Konuşmamız lazım"
"Tamam geliyorum." Çat.

Basmadım zile, sokağa çıktım tekrar. Deri ceketimin iç cebinde biram vardı, gizli gizli yudumlayarak yürümeye başladım. Nereye gidiyordum, ne istiyordum, bilmiyordum. Şimdi ona gitsem, biliyordum, en iyi ihtimalle yalancı bir gece yaşanacaktı, buruk gülümsemeler, alçak sesli konuşmalar, ifadesiz suratlar, içi acıtan çekingen dokunuşlar, aşk var mıydı, kalmış mıydı belli bile olmayacaktı. Onca yılın ardından yabancılaşmanın en iç burkan tescilidir bittiği halde bir araya gelmek. Aptallıktır. Arkanı dönüp gitmen gerektiğini bildiğin halde artık yabancısı olduğun sularda yüzmeye çalışmak bile bile boğulmaktır.

Bitmiş bir aşkın etrafında dolaşmak her gün intihar edip kurtarılmak gibidir.

İçinde bir yerde, yaşadıklarının acımasızlığına rağmen hala mucizelere inanan saf bir adam vardır. Zaten başına ne geliyorsa o adam yüzünden gelir. Kıramazsın onu, 'Belki de' diye başlayan cümlelerine bile bile kanarsın hep. Hiç vazgeçmez it oğlu it, hep umut eder, avucunu yalayan sen olursun.

Taksi durağının önüne geldiğimde biram bitmişti ve biliyordum ki gideceğim evde beni bekleyen, bana gülen gözlerin elinden çıkma güzel bir sofra olmayacaktı, ertesi sabah rengarenk bir sabah kahvaltısı olmayacaktı. İçimdeki adama direniyordum, taksiye binmedim.

Sakarya Caddesi'nde b*ktan bir bar vardır yerin dibinde, karanlıktır ve sidik kokar, ismi lazım değil... Böyle anlarda ismi lazım gelmeyen, yerin dibine batmış sidik kokulu bir yer bile daha cazip gelebilir insana. İçindeki o polyanna kılıklı herifi gömmek istersin oraya ama kaçışın yoktur, en kötü ihtimalle "Zararı yok, birer bira daha içip gideriz, nasılsa bekler bizi" der. Optimist p*ç.

Bu b*ktan mekanın sende uyandırdığı cazibeden pek hoşnut değilsindir aslında, çok sevmenin bedeli bu olmamalı diye düşünürsün, çok seven insanlara içi sevgi kokan yerler layık değil midir diye düşünürsün. Bazen değildir. Hayat bazen çok arabesktir, yalnızlık bazen birden fazla ömür boyudur, dünya yalandır, kader kahpedir, kafandaki sorular hep neredesin sendir. Garson kız da hiç fena değildir aslında ama neysedir, bir de yüz vermez şimdi sana, gece gece özgüven zedelenmesi yaşamanın anlamı yoktur. Ulan bu kadar kalp ağrısının içinde bile bir miktar sahtekarlık taşıyabiliyor ya insan, bu insan dediğimiz şey kusursuz bir icat aslında.

Yolda taksiciyle bu konuyu uzun uzadıya tartışmak istedim, uyukluyordu çünkü. Sonra vazgeçtim. Yaptığım pazarlıktan yorulmuştu sanırım, uyandırmaya kıyamadım. Bu da öğrencilik zamanlarından kalma bir alışkanlık, ota b*ka pazarlık, her para mevzusunda öğrenciyiz be abi, nolur yani üç beş kuruş almasan? Adam içmeye sıçmaya verecek paranız var ama gençler, nasıl olacak bu işler dese öylece kalacaksın orada, bir kere de yapma işte pazarlık.

Taksici uyuklasa da bir şekilde apartmanın önüne vardığımızda uyandırmadan üzerini örtmek istedim ama uyanmıştı çoktan. Zaten üzerine örtecek bir şey de yoktu ceketimden başka. Gülümsedi. Teşekkür ettim ben de.

Yoldan kapıya giden yol, yıllarımı geçirdiğim o evin kapısına giden o güzel yol hiç bu kadar uzun olmamıştı, hiç bu kadar geri geri gitmemişti ayaklarım. Taksinin arkasından koşup yetişmek, nereye gidiyorsan oraya ama buraya değil demek istedim uyku mağduru amcaya. Ama gözden kayboldu bir anda, zaten kime yetişmeye çalışsan gözden kayboluyor bir anda, taksiciler bile istisna olamıyor bu durumda.

Kapının ziline basacaktım, günün sonunda bir zile basmayı başaracaktım nihayet. Dünyanın en güzel gözleri açacaktı kapıyı, ne bileyim belki her şey birdenbire daha da farklı olacaktı. Telefonum çaldı, beklediğim de buydu zaten, şaşırmadım. Kapılar daha açılmadan suratıma kapatılmalıydı, en güzel ihtimaller o anlara değil daha sonralara kalmalıydı. Sabırla beklemeliydi. Beklenen anlar hiç gelmemeliydi.

Arayan gereksiz bir arkadaştı. Apartmandan çıkıp bir sigara yaktım. Bir çekişte dibe geldi.

Mantarlı Omlet

"Konuşmamız lazım"
"Ne konuşacaz?"
"Konuşmamız lazım"
"Tamam geliyorum." Çat.

Gelmesini istemiyordum aslında, bitmekle bitmemek arasındaki bu aptal durum, bu aptal sancılar da neyin nesiydi, ne gerek vardı hiç anlamadım. Bitenin ya da gidenin ardından ağlayacak değilim. Devletler yıkılıyor, insanlar ölüyor, yeri geliyor denizler bile kuruyor. İlişkiler de bitmek için başlıyor zaten, biri bitince de diğeri başlıyor, gayet normal, fazla büyütmeye gerek yok.

Hatta bazen başka bir ilişki başlayabilsin diye bitiyor, sanki yasal bir bağ, bir zorunluluk varmış gibi. Kendi aramızda boşanma töreni mi düzenlesek? Törenleri sever toplumlar, kadınların töre(n) sevmesini daha bir severler, sevmeyenlerin maruz kaldığı törenler zaten malum, erkekler önde kadınlar arkada bir cenaze namazı, üç beş kadının ellerinde yükselen bir tabut.

Ardı arkası gelmeyen bir arkası yarın gibi artık kadınlara edilen 'toprağı bol olsun' duaları.

Aslında, birazdan o geldiğinde yapacağımız şey de farklı değil. Pek renkli görüntülere sahne olmayacak, hezeyandan ziyade sessizlikle dolu bir merasim, bir nevi cenaze namazı, çöküş dönemi sonrası imzalanan bitirici antlaşmalar gibi, bir tarafın bütün kalelerinin zapt edildiğini, bütün tersanelerine girildiğini anladığı an ya da... Ve bu toprakları terk etme vaktidir artık. Toprağı bol olsun.

Çok mu acımasız bir insanım ben diye soruyorum bazen kendime ama değilim. Dürüstüm sadece. Güzel bir ilişki yaşamış olmak, çok sevmiş, uzun yıllar birlikte olmuş olmak bazı şeylerin cevabı olamıyor, olmaya yetmiyor maalesef. Yaşanmışlıkların hatırı geri getirmiyor tüketilenleri. Tükenmiş bir ilişki üretilemiyor yeniden, zorlamamak gerekiyor, zorlayınca kopuyor, koparken çirkinleşiyor.

İnsan bazen çirkinleşmek de istiyor. Çok seviyorsun çünkü, neyin var neyin yoksa döküyorsun ortaya, karşılıksız, çıkarsız, beklentisiz. Ama olmuyor işte, bitiyor. Bitmeyebilirdi dediğin an acın katlanıyor, isyan duygusu burada başlıyor belki de, olmak zorunda değildi, böyle olmayabilirdi gibi düşüncelerin ardında isyan bekliyor biten her şeye dair. İsyan sınıf ya da statü gözetmeyen evrensel bir duygu aslında, arabesk gibi işte. Kardeş zaten bu ikisi, isyan ve arabesk, çok sevdiğim iki kardeş.

Başı sonu birbirine karışmış, baştan aşağı tutarsızlık kokan düşünceler, allak bullak olmuş duyguların eseri aslında, farkındayım. Kendinden emin, net konuşmalarla süslenmiş özgüvenlerin arkasında tek cümleyle yıkılabilecek kadar zavallı enkazlar gizlenir genellikle. Fazla özgüven tek kat vurulmuş boya gibi kolay gösterir altındakini. Dürüst olmak, kendin gibi davranmak gerekiyor belki de. En çok kendini kandırıyor insan sahte özgüveniyle, bilmiyorum, ama sığınacak başka neyin kalıyor ki geriye böyle anlarda kendinden başka?

Senin oyununda başka oyuncu kalmayınca bütün rolleri kendi başına oynamak zorunda kalıyorsun, monologdan ibaret oyunlar pek prim yapmıyor maalesef. Bol hareket, bol karakter, bol çatışma lazım, özellikle de iç çatışmaları. Hal böyleyken, en sağlam karakteri de sen oluyorsun kendi oyununun, en zayıfı da.

Evet acımasız olduğumu düşünebilirsiniz ama biten bitmiştir, bitmeyen ne var ki?

Sevgi bitmesi en kolay olandır hatta, yeryüzünün en rağbet görmeyen duygusudur.

En içten, en saf, en temiz olanları bile müzelerde sergileniyor şimdilerde... Yazarların, ressamların büyük aşklarına bakıyoruz elimizde giriş biletleriyle. Özlemekten bir deri bir kemik kalmış vaziyette, titreyen ellerle birbirlerine yazdıkları içten satırları, sakladıkları özel eşyaları, birbirlerine giderken aldıkları tren biletlerini hatta, cam bölmelerde muhafaza ediyor, onların arkasından izliyoruz. Sevgisizliğin itirafı bu, dışımızda ve korunmaya muhtaç artık sevgi. Cam bölmelerde muhafaza ediniz, dokunmasın insanlar.

Biz ne sakladık peki? Ne biriktirebildik içe atmaların dışında? Sevgisiz bir dünyada neyimiz farklı olabildi? Sevgisizliğini yererken insanlığın, ne kadar sevgi büyütebildik?

Bunu beceremediyse de samimi olmayı becerebilir insan en azından. Aşkımdan gebersem de hayata ve kendime karşı dürüst olabilmeyi istiyorum ben, bu daha anlamlı geliyor. Kırıldığım kadar kırdım, yıkıldığım kadar yıktım ve bitti.

Evet bitti.

Şimdi istemeyerek de olsa kendimi inandırmak zorundayım bittiğine ve bir daha asla olmayacağına. Tüketmek istemiyorum artık, her gün daha da birikerek çoğalacağım, bu dünyanın dışına bir adım atmamı sağlayamayacak bir ilişkinin içinde kalmanın anlamsızlığıyla yaşamaktansa onu yaşamamak bile bir anlam katmaktır hayatıma. Seviyorum evet, ama sevmek de anlamsız kalıyor bazen. İçinden gelen seslere kulak tıkayarak, reddederek, var olan bir ilişkinin güvenliğinde de avutabilir kendini insan, mümkündür. Çünkü zordur insanın kendi iç sesiyle yüzleşmesi, bu yüzleşmenin sonundaki yalnızlık ve kalp ağrıları göze alınamaz kolay kolay, göze alamadığım çok oldu, kendimden biliyorum. Her defasında da kendimden kuşku duydum, kendime ihanet ettim, içindeki sese ihanet eden kendine ihanet etmiş demektir çünkü.

Ben kendime ihanet etmekten yoruldum artık, kulaklarımı tıkayacak halim kalmadı belki, iç sesim ele geçirdi beni.

Acımasız olduğumu düşünebilirsiniz evet, ama aslında sadece kendime acımasızım ben, benden başkasına değil.

Birazdan o gelecek biliyorum, kapı çalacak ve yüreğim yerinden çıkıp benden önce koşacak kapıya yine ama o hiç bilmeyecek. Hiçbir zaman bilemedi zaten, ben de bilemedim belki bir çok şeyi, ikimiz de birbirimizden çok içimizdekilerle meşguldük çünkü hep, ona ne verdiğimizden çok bize ne verilmediğiydi derdimiz.

Ve bazen insan o verilmeyeni, alamadığı sandığı değeri ve önemi almak uğruna başka kapıların zillerine basarken yakalayabilir kendini. Başka gözlerde, başka sözlerde, başka tenlerde arayabilir bulamadığını sandığı şeyi. Bulamaz yine. Onun hazırladığı mantarlı omlet kadar lezzetli olmayacaktır başka bir ilişki ama artık çok geçtir. Farkına varmanın bedeli bir daha asla mantarlı omlet yiyememektir.

O gelecek birazdan, her şeye rağmen mantarlı omleti ondan başka kimsenin beceremeyeceğini söyleyeceğim ona, hatta bir daha asla mantarlı omlet yemeyeceğimi...

Ve o sessizce gidecek. Bu hayatta tüm bildiklerinden daha fazlasını bilemeden gidecek ve bitecek.

Biliyorum, hiç ses çıkarmayacak.

Şatafatlı olmaz ayrılık merasimleri, eksilmenin ve hep eksik kalacağını bilmenin kutlanacak bir tarafı yoktur.

Kan

"Sarhoştum ve ne yaptığımı hatırlamıyordum" dedi. Duyup duyabileceğiniz en büyük yalan. Oysa en çok sarhoşlara inanırım ben, herkesten daha farkındadır onlar yaptıklarının.

"Biz bilinçaltımızı özgürleştirmek için içeriz" diyordu bir roman karakteri, "şu an buna ihtiyaç duymuyorum." Ne muhteşem bir tespit, bir yalanı gözler önüne sermenin en muhteşem hali belki de. Ben olsam "S*ktir lan!" derdim en fazla, öyle de dedim. Sonra ağzını burnunu kırdım adi herifin bir güzel. Yetmedi suratına tükürdüm, aynı anda, seri bir şekilde kendi kendime yaptım bunların hepsini içimden. Arkamı dönüp gitmiştim sadece, tüm yaptığım bundan ibaretti aslında.

Haksızlığa sırtını dönüp gidenlerin büyük öfkeleri olur dışarı çıkmadıkça daha da büyüyen.

Bu yüzden yazıyorum zaten, zehrimi kusuyorum aslında yazarken.

Dile getiremediğimiz, kimseyle paylaşamadığımız şeylerin yavaşça bir araya gelmesi, cümle denen bir yapının içerisinde görev dağılımı yapıp ruhu terk etmesi, dışarıda herkesle buluşması gibi bir şey aslında yazmak. Şu an itibariyle hepimizin arasına girmiş durumda bu zehir, aslına bakarsanız beni ilgilendirmiyor sadece.

İnkar ettiğimiz yaşanmışlıklarımızın her an, her saniye, hiç alakasız yer ve zamanlarda yüzümüze çarpılması ihtimali yaptığımız haksızlıkların diyeti değil mi zaten? Alışık değil miyiz buna?

"Zaten ben çağırmadım, o aradı" dedi, "Yalnız ve canı sıkkınmış, konuşmaya ihtiyacı vardı." Sıkıntılı bir ilişki, canı sıkkın yalnız bir kadın, bir de üstüne arayan o olunca rakı sofrası hazırlamalı tabi; teselli edilmek herkesin hakkı. Ucuz p*ç! Henüz keşfedilmemiş asalak çeşidi! Köpekler bile yemez senin ciğerini!

Zehir. Her neredeyse bulur çıkarır gerçek sahibini, binlerce kilometre, binlerce sayfa uzakta da olsa yapışır ona...

Sorunlarını başka kollarda çözmek istemez bir kadın, başkalarına anlatmak ister sadece.

Çünkü en çok kadınlar yalnızdır.

En çok onlar anlatamaz, en çok onlar dinlenmez. Ve yalnızlığa geçici de olsa bir ortak aramak çok doğal bir reflekstir zor anlarda.

Bilmiyorum. Hala anlamsızca savunuyorum belki de bir akbabaya sığınan, bunu yaparken gururumu tereddütsüz ayakları altına alabilen bir kadını. Çok sevmiştim ya konduramıyorum belki de.

"Bütün gece senden bahsetti" dedi, "Seni ne kadar sevdiğinden, bitecek diye ne kadar korktuğundan, yokluğundan..."

Yokluğumdan? Evet yokluğumdan. Sen nereden bilebilirdin benim yokluğumu? Tanımadığın bir yokluğu sen doldurabileceğini mi sandın yoksa? Sahip olduğum güzelliğe sahip olarak mı doldurmaya kalktın yoksa kendi içinde küf tutmuş boşluğu? Güzel bir şeyler yaratamayacak kadar aciz, iktidarsız mıydın yoksa?

"Çok içiyordu, yaşadığınız en aptalca şeyleri, en küçük detayları bile anlatıyor, kendi kendine gülüyordu. Acı acı gülüyordu, iki cümlesinden birinde eksik kelimesi geçiyordu. Zaten belliydi, eksilmişti, ihtiyacı olan tek şey sendin."

İyice sarhoş olsun diye bekledin sen de, dinliyormuş gibi yaptın, ne kadar sahteydin! Rakısı biter bitmez yeniledin mesela, kadehine buz koyarken sormaya tenezzül bile etmedin. Sonra ne yaptın peki? Sadede gel adi herif!

"Çok sarhoş olmuştu işte abi, şarkı söylemeye, boyuna ağlamaya başlamıştı artık. Eve gideceğim diye tutturdu."

İzin veremezdin tabii; değil mi? "En azından eşlik edeyim sana dedim onu da kabul etmedi. Kalsın diye çok ısrar ettim evet, ama dinlemedi, birlikte gitmeme de izin vermedi, tersledi hatta. Huyunu biliyorsun işte, benim ne suçum var be abi? Kaç yıllık arkadaşız biz?"

Arkamı dönüp gittim sadece, yüzü yeterince şey anlatmıştı. Çok şey anlatır yüzler, en çok da duymak istemediklerinizi anlatırlar.

O an içimden geçen ne varsa şiddete dair, hiçbirini yapmaya gerek duymayacak kadar dinlemiştim yüzlerden. Şiddet yitirmişti anlamını.

Ben yol üstü geçerken şöyle bir uğramamıştım haksızlığa; haksızlık bir bıçak gibi saplanmış ağır ağır dönüyordu içimde, SEN denen sızının en güzel yerinde.

Yüreğime baktım sonra.

Kapının altından kan sızıyordu. Oluk oluk geliyordu, durduramıyordum. İçeride biri ölmüştü ama ben kanıyordum. Ne onu ne kendimi yetiştirebildim hastaneye.

Öldük.

Çiçek Sosis

Karanlık yerleri tercih ediyordum o sıralar. Gözümü morartmıştı hayvan herif, kolumu bacağımı kırmıştı, kamyon gibi geçmişti üzerimden. Bitmiş bir ilişkinin son demleri işte, bildik hikaye. Ondan uzaklaşır başkalarıyla vakit geçirirsin, yalnız yürüyüşlere çıkarsın, sinemaya yalnız gidersin. O hazmedemez, delirir. O kenara itilmişlik hissi, anlamsızca hissettiği o çaresizlik baş edilemez bir hal alır, kendini kaybedebilir. Güçlü olması gereken odur çünkü ve sen bir kadın olarak ona kendini güçsüz hissettiremezsin, yazılı olmasa da yasaktır. Sen kendi hayatını yaşıyor bile olsan sadece, o öyle hissetmişse öyledir, nokta. Kabahat senindir ve o toplumsal gücün o zavallı bünyeye tekrar enjekte edilmesini sağlayacak olan şırınga sen olursun. Herkesin içinde, bir sokak ortasında kafana vura vura ilacı zerk eder bünyesine, tahtını geri alır. Senin tahtlarda gözün olmasa bile ne fark eder? Gelir böyle ağzını burnunu kırar işte, oh olsun. Sen kimsin de onu terk edecek ve tek başına ayakta durmaya kalkacaksın ha? Kimsin sen?

Hiç.

Ama hiç de olsan, hep bilsen de bunu içerlerde bir yerde, öyle hissettirilse de, o arsız yanın yok mu işte, inadına fısıldar durur hep hayır sen hiç değilsin diye. Çoğu zaman miden bulanır gibi olsa da bir süre sonra, yine de ayağa kalkmaya zorlarsın kendini, yürütemesen de en azından sürüklersin bedenini, gözlerin dökülen parçalarını arar yerlerde.

Yeni toparlanıyordum, toparlanmak ne demekse. O da tuhaf. Tek başına toparlanmaya çalışmak çok tuhaf gelir kendini tek başına parçalamamışsan. Birisi gelip seni parçalarına ayırıyor, un ufak olmuş parçaları toparlamak sana kalıyor. Toparlayamadığını görmekle, hep kırık dökük kalacağını düşünmekle geçirdiğin günler, ayakta kalmaya çalışmanın anlamsızlığını sayıklayıp durmalar, gözlerin sürekli uzaklara dalıp gitmesi...

Sanırım kırılan kemiklerden, moraran gözlerden daha ağır bir hasar bu duygularla yaşamak...

Gözümdeki morluk da geçmek bilmiyordu, raporluydum. Akşama kadar evden dışarı çıkmıyor, kitap okuyor ya da uyuyordum. Bir o kadar hiçbir şey yapmıyordum. Hiçbir şey yapmamak ne zormuş, o gerginlikle baş etmek ne güçmüş, o dönemde anladım.

Akşam olunca korkutuyordu evim. Duvarlar üzerime üzerime geliyordu, apartmandaki ayak seslerinden tedirgin oluyordum, kalbimi zapt edemiyordum. Hava kararır kararmaz sokağa vuruyordum kendimi. Dışarının karanlığı da yetmiyordu içimdeki korkuyu uyutmaya. En ücra, en karanlık, en yalnızlık kokan bar hangisiyse, o koku en çok nereden geliyorsa oraya tünüyordum. Ne kadar kadınca bir davranış değil mi? Korkmak ve bir erkeğin armağan ettiği bir morlukla karanlıklara çekilmek.

Terk edilmiş ve üçüncü sınıf bir melankoliyi yaşayan bir erkekten hiçbir farkım yoktu. Bir tek eski sevgiliye mesaj atıp ağlamadığım kalmıştı, onu da yapamazdım zaten, herif ağzımı burnumu kırmıştı.

Ama onun bakışlarında böyle bir şey yoktu, o başkasına zarar verecek biri gibi bakmıyordu. Kırılmış gibiydi, içinde bir şeyleri vurup kırıyor ama dışında hiçbir şeyi kıramıyor gibiydi.

Çekinmedim, bir Leman Sam şarkısı gibi usulca sokuldum yanına, müsaade istedim, buyur etti.

"Çok naziksiniz."
"Teşekkür ederim."
"Mutsuz görünüyorsunuz, kayıtsız kalamadım, merak uyandırdınız bende."
"Mutlu var mı içimizde? Kayıtsız kalamamak, merak etmektir belki de mutsuzluğun kaynağı. Mutsuzluk sorusuna bir cevap buldunuz belki de."

Gülüştük.

Ketum bir insan olduğu belliydi zaten, ne kadar içten, ne kadar samimi de yöneltsem sorumu, bir çırpıda içini dökmeyeceği, herşeyini paylaşmayacağı belliydi.

Acısı büyük olan insanlar kolay kolay paylaşmazlar acılarını. Umursamadığı acılarını paylaşır insan başkalarıyla.

Sonrasında hayata, okula, gündeliğe ve kitaplara dair dakikalarca konuşma, gülüşme ve geçiştirme, bildik bar muhabbetleri, yer yer sıkılma, tam sıkıldığın anda ilgini çeken bir konu ya da cümle ya da yüz ifadesinin ardından sohbete devam etme, sürekli dolup boşalan bardaklar, yükselen vücut ısısı, gözündeki morluğa ve olanca kırılmışlığına rağmen hala bir şeyler hissedebileceğini görmenin keyfi ve yüzünde çakır keyif bir gülümseme.

"Bana mı gitsek? Film falan izleriz?" dedim,
"Eve mi atacaksın beni" dedi,
"Gururuna yediremiyor musun?" dedim,
"Evden atılmaktansa eve atılmayı tercih ederim" dedi.

Gülüştük.
Bu akşam çok gülüştük.

Ama o kadardı biliyordum. Bu kırgınlık, acının yüzünde oluşturduğu bu görünmez çizgiler onu bana götürecek bir yol değildi, o başka bir yolda yürüyordu ve benimle yürüyecek olan sadece bedeniydi, biliyordum. O başka bir teni aşkla özlüyordu, benim tenime dokunsa bile aşk değil pişmanlık duyardı.

O gece ve sonraki gecelerde çok güzel zamanlar geçirdik birlikte, birlikte uyuduk, birlikte uyandık, birlikte yemek bile yaptık. İdeale yakın bir ilişkiydi neredeyse ama ilişki değildi, farkındaydım. Hazırladığım hiçbir kahvaltı sofrasına oturmadı o, özenle ve ısrarla hazırladığım çiçek sosisleri hep çöpe döktüm ardından. O hep bir bahaneyle sokağa attı kendini sabah olunca. Geceleri sığındığı limanı terk etti gündüzleri, cesurdu. İçindeki yıkımla aydınlıkta yüzleşmekten korkmuyordu. Ve hava karardığında yorulunca bana geliyordu, aramızdakilerin hepsi bu kadardı. Biz başkalarını çok büyük sevmiş iki başka insandık. Bir an gelmiş, o büyük şeyler içimizden kopmuş ve tesadüfen birbirimizi bulmuştuk. Boş kalan yanlarımızı birbirimizle ya da başkalarıyla dolduramayacağımızın farkındaydık. Kendimizi kandırmadık.

Bir akşam gelmedi.

İçindeki yıkıma ilk kez gece de devam etti, anladım. O gün tamamlayacaktı yıkımı, içindekilere noktayı o gün koyacaktı. Ya kendini çekip kurtaracaktı o yıkımdan ve yeniden doğacaktı, ya da o yıkımın altında kalacak, sonsuza karışacaktı.

Hiç bilemedim.

Bir daha zile basmadı.

Olmasın

Yok kimse...

Tek sen varsın bu hayatta, gelmeyenin bir de...

Başkası yok...

Olmasın.

Çoğu var ama olması gereken yok, olmadı hiç, olmayacak da. Olası da yok zaten, olasılığı da.

Yok işte.

Yokluğun ötelenir bir tarafı olsaydı keşke, ertelenebilseydi ayrılıklar. Bir şans daha verilebilseydi yaşanacaklara.

Ama yok.

Yokluğun ötelenir tarafı yok.

Bir kabullenmişlik haliyle yaşıyoruz bu hayatta. Ya yokluğa alışmaya çalışıyor ya da gereğinden fazla umut besliyoruz içimizde öleceklerini bile bile.

Gelmeyecek biliyoruz, bile bile bekliyoruz.

Delirdiğimizi bile bile akıllı uslu yaşamaya çalıştığımız bir hayatın içinde amaçsızca debeleniyoruz, biz çok yabancıyız kendimize.

Gelmeyenlerden çok biz uzağız kendimize. Biz kaçıyoruz hep, biz yüzleşemiyoruz kendi gerçeğimizle.

Bu kadar yalnızlığın başka açıklaması yok.

Olmasın da...

Gerek yok...

Yalın

Kırık bir camdan içeri sızan rüzgar kadarsın şimdi, o kadar az, o kadar ürperten...

Ve simsiyah bir ışık doluyor odama, sinsice ilerliyor, yayılıyor rüzgarla. Tenimde dolaşan o soğuk, o tatlı esinti gözümü kamaştırıyor, şakaklarım terliyor. Kızgın bir ağacın gölgesi salınıyor salon duvarlarında, kulaklarımda küskün dalga sesleri.

Önümü görmeden kendime yürüyorum, yaprak çıtırtılarını değil, kaçışını duyuyorum. Kaçarken çıkaramadığın sesler ezberimde kelimesi kelimesine. O sessiz filmde seni ben seslendiriyorum.

Senin yerine ben dönüyorum artık kendime, her gün kaçıp kendimden yine bana sığınıyorum. Bir rüzgar fısıltısında irkiliyorum bir an, geçiyor sonra.

Sen gelmemelisin.

Varlığında üşümektense yokluğunda terlemeliyim artık, ılık bir duş almalı düşlerim, uyanmalı, kendine gelmeli.

Bende az kalan bu kadar ürpertmemeli beni,

kalanı da tükenmeli...

Sen aklıma bile gelmemelisin artık, düşlerime değmemelisin.

Bütün günleri hayatımın, bütün saatleri, anları, toplanmış bir bir hesap sorarken, iyice köşeye sıkıştırırken beni, kaybettiğim her şey tamı tamına geri isterken kendini ve sen muafken bu karanlık oda sorgusundan...

Katıksız bir korkunun pençesinde yalın özlemlerim.

İzin ver...

Karanlıkken odalar, en azından aydınlık kalsın düşler...

Kırmızı Şemsiye

Genç adam elinde siyah bir şemsiyeyle yürüyordu. Yağmur yağmıyordu ve herkes ona bakıyordu. O kimseyi görmüyordu, içinden cümleler geçmiyordu. Genç adamın üzerine sağanak yalnızlık yağıyordu. Alabildiğine kalabalıkken herkes, o üşüten yalnızlığından kaçıyordu sanki, kaçamayacağını biliyordu.

Kalabalık bakışların arasında kırmızı bir şemsiyeyle karşılaştı sonra. Sararmış yaprakların, gri rüzgarların arasında kıpırdamadan duran kırmızı bir şemsiye. Onun kadar yalnız, onun kadar kaçamamış. Yalnızlığından kaçan bir başkasının emaneti belki de, simsiyah bir yalnızlığın kırmızı gölgesi, kaçamamanın kan kırmızı ifadesi...

Neredeydi sahibi? Üşüyor muydu o da? Yalnızlığını dindirecek olan hiç tanımadığı bir insanın emaneti olabilir miydi? O emanete sahip çıkmak, henüz tanışmadığı ama hep özlediği kişiyi ona getirecek miydi?

Bir şemsiye neyi değiştirebilirdi ki?

Yine de bıraktı siyah şemsiyesini, kırmızıya eğildi. Hiçbir şey değişmese de güzel renkler yere düşmemeliydi. Yaptığı her şeyde bir beklenti olmak zorunda mıydı insanın, kazançlar mı hesaplanmalıydı hep? Bir rengi yerden kaldırmak, başlı başına bir kazanç değil miydi?

Yeniden doğrulduğu anda kirpiğinin üstünde bir yağmur damlası hissetti. Göz çukurundan yanağına süzüldü, orada kaldı, yere düşmedi.

Artık yalnız değildi...

Donuk gözlerle ona bakan kalabalık yok olmuş, kendi kalabalık yalnızlığına çekilmişti...

Virgül

Gülüşünle başladı hikayem, gidişinden sonrası yok...

Beklemediğin bir anda bir darbe alırsın kafana, tansiyonun düşer birdenbire kendinden geçersin, ya da ne bileyim, nöbet yorgunu bir hemşire narkoz verir olduğun yerde yığılır, bayılırsın ya hani? Kendine geldiğinde o darbe anını hatırlarsın tek, gözüne belli belirsiz ilişen kaldırım taşını ya da yorgun gözlerini hemşirenin, sonrası yoktur sende...

Ben gülüşünle başlayan hikayemi hatırlıyorum tek, öncesi yok bende, hatırlamıyorum.

Seninle başlayan bir hikayeyim aslında ben, gülüşünse ilk cümlem.

Ne güzel yazmıştı yazan. Bir gülüşle başlayan bir hikayenin kötü sonla bitmesi ne kadar imkansızdı halbuki.

Ama biter.

Hikayelerin sonunu güzel cümleler değil, hikayeyi yazan belirler.

Şimdi, gidişinle trajediye dönüşen bir hikayenin çökmüş bir kahramanı gibiyim ben. Martılara simit atacak, tenha bir iskele üzerinde gizem yapacak halim bile yok.

Gülüşün ilk cümlesiydi hikayemin, ben son cümleyi yazamayacak haldeyim. Neden bilmiyorum. Bir gülüşünü, bir de gidişini hatırlıyorum artık, ne ortası var, ne de sonrası...

Bir virgül, belki bir virgül koysam ayağa kalkarım diyorum ama yok.

Giderayak bir de nokta koymuşsun, şimdi fark ediyorum...

Lunapark

Siyah beyaz oku bu satırları, renkli hatıralarımız hiç olmadı.

O lunaparktaki uçan balonu hatırlıyorum bir tek, kayıp gitmişti elinden, göğe karıştı. Yağmur bastırdı sonra. Çarpışan otolara sığınmıştık, çarpışmak ne kadar bizden bir kelimeydi ve ne kadar griydi yeryüzü.

Atlı karıncanın boyaları dökülmüş bak, ağlamak için ne hoş bir bahane. Dönme dolap tıklım tıklım, dönmek ne uzak bir kelime...

Gel son sigara paramızla halka atalım sigaralara, yuvarlana yuvarlana tezgahın dışına çıksın, sigarasız kalalım. Her şeyin özeti gibi o halka, bazen etrafını çeviriyor istediğinin, sarıp sarmalıyor sanki, bırakmıyor, bazense usulca yuvarlanıp kenarından, başka diyarlara gidiyor, dönmüyor...

Geriye renksiz anılar, unutulmaya hazır hatıralar kalıyor...

Sen siyah beyaz oku bu satırları, tezgahın dışına yuvarlandı halka..

Şimdi en başına dön kendi hikayenin
Ve içindekileri oku baştan aşağıya...

Bitti sanıyorsun ya,
Bitmedi.
Sonrası olan şeyler biter,
Sonrası yok düşlerin...